문학사상 30주년 기념출판

한국대표시인 101인선집

박 목 월

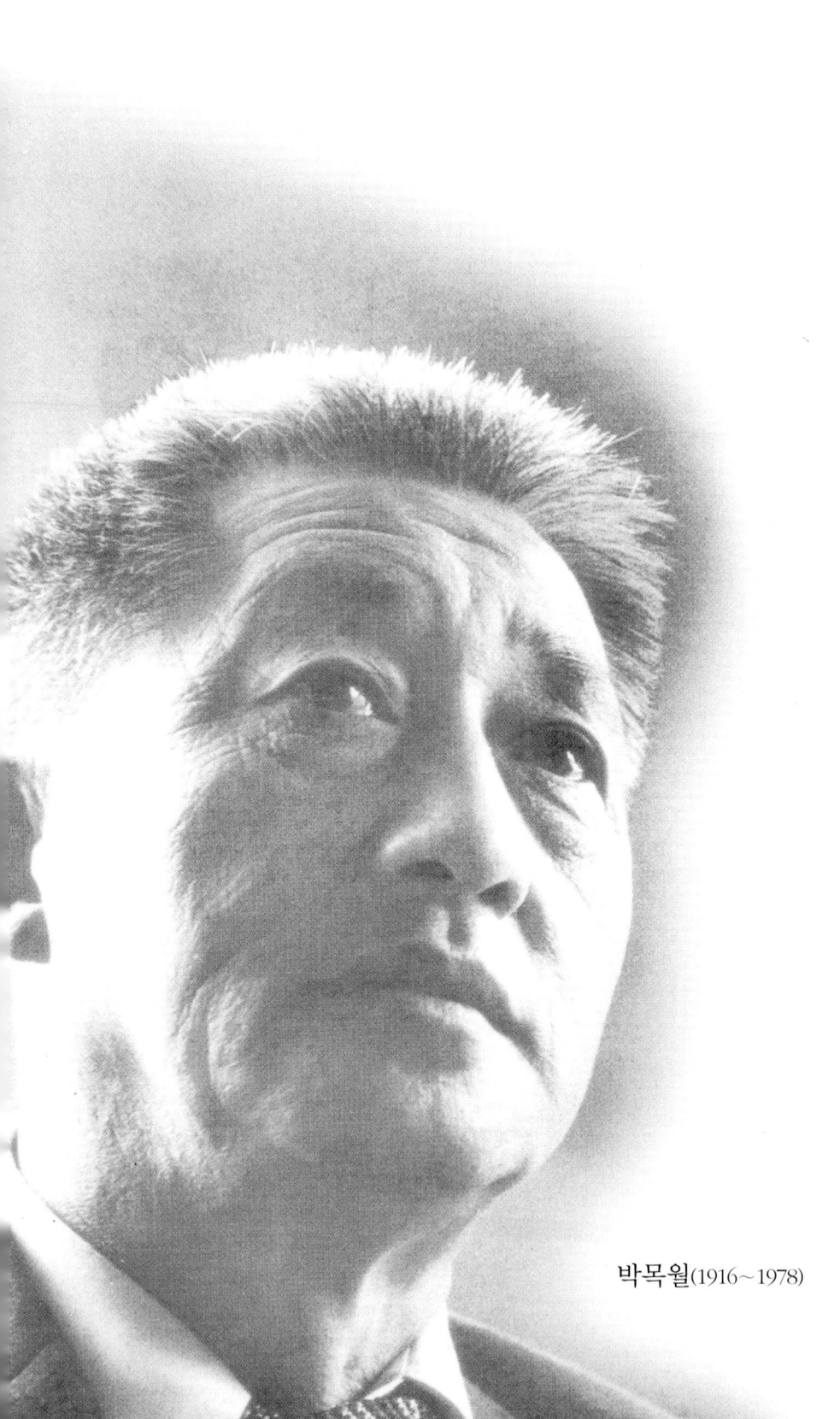

박목월(1916~1978)

● 대구 계성학교 재학시절(1930년대).

● 1946년경 '청록파'로 함께 활동했던 조지훈 · 박목월 · 박두진 시인(왼쪽부터).

● 박목월 시인 가족(사진 왼쪽부터 외손자 김준철, 부인 유익순 여사, 손녀 박근정.

나그네
— 술 익은 강마을의 저녁 노을이여 — 지훈芝薰

강江나루 건너서
밀밭 길을

구름에 달 가듯이
가는 나그네

길은 외줄기
남도南道 삼백리三百里
술 익은 마을마다
타는 저녁 놀

구름에 달 가듯이
가는 나그네

● 박목월 시인의 서재에서

문학사상 30주년 기념출판

한국대표시인 101인선집

박목월

문학사상사

시문학의 르네상스를 지향하며…

한국대표시인 101인선집 간행의 말씀

인류는 아득히 먼 옛날부터 언어의 탄생과 더불어 가장 아름답고 감동적인 원초적 예술인 시詩를 꽃피워왔습니다. 그리하여 시는 어느 때, 어느 곳에서나 인간의 정신과 삶을 순화하고 풍요롭게 하며, 이상理想을 지향하는 정신적 영양소로 애송되어 왔습니다.

더욱이 다정다감하고 예술적인 정서와 재능이 풍부한 우리 겨레에게 시는 인간다운 삶을 구가하는 예술혼의 정화로서, 일제의 강점기와 같은 수난기에도 나라를 사랑하는 마음을 시로써 불태우며 겨레의 가슴마다 희망과 용기에 찬 민족혼을 일깨워왔습니다.

또한 8·15 광복 후의 혼란을 겪고 6·25 동란으로 폐허가 된 이 땅에 불사조의 넋처럼 잿더미에서 일어나, 선진국의 대열에 서게 한 기적을 낳게 한 것도, 아름답고 인간적인 삶을 희구하는 시 정신이 다른 어느 민족보다 강렬했기 때문이 아니겠습니까.

그러나 안타깝게도 오늘날 우리 사회는 가치관의 혼돈과 무질서가 휩쓸고, 부정과 부패가 판을 치는가 하면, 만인의 만인에 대한 극한의 투쟁이 소용돌이치는 삭막한 풍토에서 헤어나지 못하고 있습니다.

그 같은 풍요 속의 비극은 많은 원인이 있겠으나, 무엇보다도 황금만능의 사조에 사로잡혀, 소중한 정신적 유산인 시를 사랑하며 시 정신을 소중히 여기는 전통을 잊어가고 있기 때문이라고 하겠습니다. 그러므로 메말라가는 시 정신을 불러일으켜 겨레마다 시를 사랑하는 시혼詩魂을 고취하는 노력은 무엇보다도 소중하고 보람 있는 시대적 사명이며 문학적 과제라고 믿고 싶습니다.

이에 한국문학의 발전을 위한 향도적 사명을 다하기 위해 30년의 열성과 노력을 기울여온 문학사상사는, 2002년 창사 30주년을 맞이하여, 시문학의 르네상스를 지향하는 일이야말로 오늘의 가장 중요하고 시급한 국민적 과제의 하나라고 믿으며, 뜻을 같이하는 편찬위원들의 협조를 얻어, 한국대표시인 101인선집을 간행하기로 결정했습니다.

이 시선집은 한국 신시 100년을 집대성하는 한국 출판 사상 일찍이 시도되지 못했던 시청각을 통한 입체적인 감상을 돕게 함으로써, 한국 시문학사에 커다란 발자취를 남긴 대표시인 101인의 작품과 그 업적을 자자손손에 전하며 기리고자 합니다. 이 간행의 뜻을 혜량하여 전 시단과 독자 여러분의 적극적인 성원과 지원을 기대해 마지않는 바입니다.

문학사상사 대표 임홍빈

편찬위원(김남조, 김재홍, 오세영, 이승훈, 최동호)

차례

한국대표시인 101인선집 간행사 | 7
작품론/ '영원永遠' 탐구의 시학 · 오세영 | 331
작가론/한국어로 도달한 순수서정시의 궁극 · 이건청 | 344
박목월 연보 | 357

시

청록집

임 | 21
윤사월閏四月 | 22
삼월三月 | 23
청靑노루 | 24
갑사댕기 | 25
나그네 | 26
달무리 | 27
박꽃 | 28
길처럼 | 29
가을 어스름 | 30
연륜年輪 | 31
귀밑 사마귀 | 32
춘일春日 | 33
산그늘 | 34
산이 날 에워싸고 | 36

산도화

구강산九江山 1 ㅣ 39

구강산九江山 2 ㅣ 40

한석산寒石山 ㅣ 41

선도산하仙桃山下 ㅣ 42

달 ㅣ 43

산도화山桃花 1 ㅣ 44

산도화山桃花 2 ㅣ 45

산도화山桃花 3 ㅣ 46

산색山色 ㅣ 47

불국사佛國寺 ㅣ 48

모란여정牧丹餘情 ㅣ 49

여운餘韻 ㅣ 50

월야月夜 ㅣ 51

해으름 ㅣ 52

도리桃李 ㅣ 53

향香내음 ㅣ 54

구름 밭에서 ㅣ 56

구황룡九黃龍 ㅣ 57

고사리 ㅣ 58

봄비 ㅣ 59

밭을 갈아 ㅣ 60

임에게 2 ㅣ 61

임에게 3 ㅣ 62

임에게 4 | 63

낙랑공주樂浪公主 | 64

월야月夜 | 66

청靑밀밭 | 67

도화桃花 한 가지 | 68

운복령雲伏嶺 | 69

난蘭. 기타其他

심상心象 | 73

야반음夜半吟 | 74

사향가思鄕歌 | 76

하관下棺 | 78

당인리唐人里 근처近處 | 80

아가雅歌 | 83

한정閑庭 | 86

적막寂寞한 식욕食慾 | 88

모일某日 | 90

소찬素饌 | 91

넥타이를 매면서 | 92

춘소春宵 | 93

시詩 | 94

효자동孝子洞 | 95

청운교靑雲橋 | 96

뻐꾹새 | 98

난蘭 | 100

묘비명墓碑銘 | 101

치모致母 | 102

폐원廢園 | 104

먼 사람에게 | 106

등의자藤椅子에 앉아서 | 108

산山·소묘素描 1 | 111

산山·소묘素描 2 | 112

산山·소묘素描 3 | 113

산山·소묘素描 4 | 114

산山·소묘素描 5 | 115

산山·소묘素描 6 | 116

산山·소묘素描 7 | 117

청담

겨울장미薔薇 | 121

가정家庭 | 122

밥상床 앞에서 | 124

영탄조咏嘆調 | 126

겨울장미薔薇 | 128

소곡小曲 | 129

사월四月 상순上旬 | 130

경사傾斜 | 132

한복韓服 | 133

대안對岸 | 134

돌 | 135

우회로迂廻路 | 138

풍경風景 | 139

전신轉身 | 142

어신魚身 | 145

소슬簫瑟 | 146

동물시초動物詩抄 | 148

경상도의 가랑잎

벽壁 | 153

난초蘭艸 잎새 | 154

춘분春分 | 155

만년晚年의 꿈 | 156

의상衣裳 | 158

왕십리往十里 | 159

하선夏蟬 | 160

잔설殘雪 | 162

동행同行 | 164

무제無題 | 166

나의 배후背後 | 168

문門 | 170

목탄화木炭畵 | 172

무제無題 | 176

만술萬述 아비의 축문祝文 | 178

바람 소리 | 179

비유比喻의 물 | 180

소곡小曲 ｜ 181

달빛 ｜ 182

도포道袍 한 자락 ｜ 184

논두렁길 ｜ 185

장醬맛 ｜ 186

무내마을 과수댁 ｜ 187

그저 ｜ 188

무순無順

빈 컵 ｜ 191

양극兩極 ｜ 192

복도 끝에서 ｜ 193

조가弔歌 ｜ 194

회전廻轉 ｜ 195

눈썹 · A ｜ 196

눈썹 · B ｜ 198

얼굴 ｜ 199

순색영원純色永遠 ｜ 200

발자국 ｜ 201

왼손 ｜ 202

산철쭉 ｜ 204

노상路上 ｜ 205

소묘素描 ｜ 206

입동立冬 ｜ 207

강江 건너 돌 ｜ 208

어제의 바람 | 210

서방西方에서 | 211

자수정紫水晶 환상幻想 | 212

지팡이 | 214

간밤의 페가사스 | 216

비둘기를 앞세운…… | 218

노대露臺에서 | 219

회수回首 | 220

봄 | 222

수국색水菊色 | 223

마른 빵 부스러기 | 224

크고 부드러운 손

가을의 기도 | 227

크고 부드러운 손 | 230

자리에 들고 | 232

오른편 | 234

감람나무 | 236

평온한 날의 기도 | 238

바위 안에서 | 240

희고 눈부신 천 한 자락이 | 242

포인세티어 | 244

불이 켜진 창마다 | 245

소금이 빛나는 아침에

오늘의 화면畵面 | 251

가랑잎 | 252

굴비 | 254

미나리 냄새 | 256

병상음病床吟 | 257

나의 종말 | 258

어느 날 오전午前 | 260

소금이 빛나는 새날 아침에 | 262

산문

나와《청록집靑鹿集》시절 | 269

구강산九江山의 청록靑鹿 | 308

일러두기

1. 《청록집》에서 《경상도의 가랑잎》까지는 《박목월 자선집》을, 《무순》 이후의 시집은 발표 시집을 기준으로 삼았다.
2. 맞춤법과 띄어쓰기는 발표 당시의 것을 따르지 않고 모두 현행 맞춤법 규정에 따라 고쳤다. 그러나 필자의 독특한 시어나 방언의 경우 그대로 살리고, 주를 달아 독자의 이해에 편리하도록 했다.
3. 독자의 편의를 위해 원문의 한자를 한글로 고치고 한자는 그대로 병기하였다.

시

청록집

임

내ㅅ사 애달픈 꿈꾸는 사람
내ㅅ사 어리석은 꿈꾸는 사람

밤마다 홀로
눈물로 가는 바위가 있기로

기인 한밤을
눈물로 가는 바위가 있기로

어느 날에사
어둡고 아득한 바위에
절로 임과 하늘이 비치리오

윤사월閏四月

송화松花가루 날리는
외딴 봉오리*

윤사월 해 길다
꾀꼬리 울면

산지기 외딴 집
눈먼 처녀사

문설주에 귀 대이고
엿듣고 있다.

     .

---

* '봉우리' 의 잘못.

삼월三月

방초봉芳草峰 한나절
고운 암노루

아래ㅅ마을 골작*에
홀로 와서

흐르는 내ㅅ물에
목을 추기고*

흐르는 구름에
눈을 씻고

열두 고개 넘어 가는
타는 아지랑이

---

* '골짝'의 잘못.
* '축이다'의 잘못.

청青노루

머언 산 청운사青雲寺
낡은 기와집

산山은 자하산紫霞山
봄눈 녹으면

느릅나무*
속ㅅ잎 피어가는 열두 구비를

청青노루
맑은 눈에

도는
구름

갑사댕기

안개는 피어서
강江으로 흐르고

잠꼬대 구구대는
밤 비둘기

이런 밤엔 저절로
머언 처녀들……

갑사댕기 남끝동
삼삼하고나

갑사댕기 남끝동
삼삼하고나

나그네

—술 익은 강마을의
    저녁 노을이여—지훈芝薰

강江나루 건너서
밀밭 길을

구름에 달 가듯이
가는 나그네

길은 외줄기
남도南道 삼백리三百里

술 익은 마을마다
타는 저녁놀

구름에 달 가듯이
가는 나그네

달무리

달무리 뜨는
달무리 뜨는
외줄기 길을
홀로 가노라
나 홀로 가노라
　　옛날에도 이런 밤엔
　　홀로 갔노라

맘에 솟는 빈 달무리
둥둥 띄우며
나 홀로 가노라
울며 가노라
　　옛날에도 이런 밤엔
　　울며 갔노라

박꽃

흰 옷자락 아슴아슴
사라지는 저녁답*
썩은 초가지붕에
하얗게 일어서
가난한 살림살이
자근자근 속삭이며
박꽃 아가씨야
박꽃 아가씨야
짧은 저녁답을
말없이 울자

---

* '저녁때' 의 방언.

길처럼

머언 산 구비구비 돌아갔기로
산山구비마다 구비마다
절로 슬픔은 일어……

뵈일 듯 말 듯한 산길
산울림 멀리 울려 나가다
산울림 홀로 돌아 나가다
……어쩐지 어쩐지 울음이 돌고
생각처럼 그리움처럼……

길은 실낱 같다

가을 어스름

사늘한 그늘 한나절
저물을 무렵에
머언산 오리목木 산ㅅ길로
살살살 날리는 늦가을 어스름

숱한 콩밭머리마다
가을 바람은 타고
청석靑石 돌담 가으로
구구구 저녁 비둘기

김장을 뽑는 날은
저녁 밥이 늦었다
가느른 가느른 들길에
머언 흰 치맛자락
사라질 듯 질 듯 다시 뵈이고
구구구 구구구 저녁 비둘기

연륜年輪

슬픔의 씨를 뿌려놓고 가버린 가시내는 영영 오지를 않고…… 한 해 한
해 해가 저물어 질質 고운 나무에는 가느른 가느른 피빛 연륜年輪이 감기
었다
  (가시내사 가시내사 가시내사)

목이 가는 소년少年은 늘 말이 없이 새까아만 눈만 초롱초롱 크고……
귀에 쟁쟁쟁 울리 듯 차마 못 잊는 애달픈 웃녘 사투리 연륜年輪은 더욱 새
빨개졌다.
  (가시내사 가시내사 가시내사)

이제 소년少年은 자랐다. 구비구비 흐르는 은하수에 슬픔도 세월도 흘렀
건만…… 먼 수풀 질質 고운 나무에는 상기 가느른 가느른 피빛 연륜年輪이
감긴다
  (가시내사 가시내사 가시내사)

귀밑 사마귀

잠자듯 고운 눈썹 위에
달빛이 나린다*
눈이 쌓인다
옛날의 슬픈
피가 맺힌다
어느 강江을 건너서
다시 그를 만나랴
살눈썹* 길슴한*
옛 사람을

산山수유꽃 노랗게
흐느끼는 봄마다
도사리고 앉인 채
도사리고 앉인 채
울음 우는 사람
귀밑 사마귀

---

* '내리다' 의 잘못.
* '속눈썹' 의 북한어.
* '길쭉하다' 의 방언.

춘일春日

여기는 경주慶州
신라천년新羅千年……
타는 노을

아지랑이 아른대는
머언 길을
봄 하로* 더딘 날
꿈을 따라가며는

석탑石塔 한 채 돌아서
향교鄕校 문門 하나
단청丹靑이 낡은 대로
닫혀 있었다.

---

* '하루'의 방언.

산그늘

장독 뒤 울 밑에
목단牡丹꽃 오무는* 저녁답
모과목木果木 새순밭에
산그늘이 내려왔다
　　워어어임아 워어어임

길 잃은 송아지
구름만 보며
초저녁 별만 보며
밟고 갔나 베
무질레밭* 약초藥草길
　　워어어임아 워어어임

휘휘휘 비탈길에
저녁놀 곱게 탄다
황토黃土 먼 산ㅅ길이사
피 먹은 허리띠
　　워어어임아 워어어임

젊음도 안타까움도
흐르는 꿈일다
애달픔처럼 애달픔처럼 아득히

상기 산그늘은 나려간다*
워어어임아 워어어임

---

* '오무리다' 의 방언.
*무너진 밭.
* '내려가다' 의 잘못.

산이 날 에워싸고

산이 날 에워싸고
씨나 뿌리며 살아라 한다
밭이나 갈며 살아라 한다

어느 짧은 산山자락에 집을 모아
아들 낳고 딸을 낳고
흙담 안팎에 호박 심고
들찔레처럼 살아라 한다
쑥대밭처럼 살아라 한다

산이 날 에워싸고
그믐달처럼 사위어지는 목숨
그믐달처럼 살아라 한다
그믐달처럼 살아라 한다

산도화

구강산九江山 1

구강산九江山
노을
놀 위에 하늘을

자락마다
황금黃金으로 아로새기고
한 자락은 넌지시
산山 너머 보내고

대숲 길을 거닐어
시詩를 읊으면
숙연肅然한 대숲에
산새가 깃든다.

구강산九江山 2

구강산九江山에
놀이 서네
구강산九江山 저녁놀은
열두 자락 꿈이 어려
　아아 냇사 몰라

내일도
자주紫朱빛 또 밝은 날을
구름 한 점 그늘 없이
청푸른 하늘을
　아아 어찌노 어찌노

한석산寒石山

구름 가네 구름 가네
구름 속에 선녀仙女 가네
그 선녀仙女야 안고름에
울향鬱촙 냄새 절로 나네

한석산寒石山
해으름은
하얀 소릿길
눈물 도는
산그늘에
어리는 달빛

'말을 타고 꽃밭 가니
말발굽에 향내 나네.'

선도산하仙桃山下

선도산仙桃山
수정水晶 그늘
어려 보라빛

청주清酒 냄새
바람을
우는 여울을

주막酒幕집
뒷뜰에
산그늘이 앉는다.

달

배꽃 가지
반쯤 가리고
달이 가네.

경주군 내동면
혹은 외동면
불국사佛國寺 터를 잡은
그 언저리로

배꽃 가지
반쯤 가리고
달이 가네.

산도화山桃花 1

산山은
구강산九江山
보라빛 석산石山

산도화山桃花
두어 송이
송이 버는데

봄눈 녹아 흐르는
옥 같은
물에

사슴은
암사슴
발을 씻는다

산도화山桃花 2

석산石山에는
보라빛 은은한 기운이 돌고

조용한
진종일盡終日

그런 날에
산도화山桃花

산마을에
물소리

지저귀는 새소리 묏새 소리
산록山麓을 내려가면 잦아지는데

삼월三月을 건너가는
햇살 아씨.

산도화山桃花 3

청석青石에 어리는
찬물 소리

반은 눈이 녹은
산마을의 새소리

청전青田* 산수도山水圖에
삼월 한나절

산도화山桃花
두어 송이

늠름한
품品을

산이 환하게
틔어 뵈는데

한머리 아롱진
운시韻詩 한 구句.

---

* 동양화가 이상범李象範 선생의 호號.

산색山色

산빛은
제대로 풀리고

꾀꼬리 목청은
티어* 오는데

달빛에 목선木船 가듯
조는 보살菩薩

꽃그늘 환한 물
조는 보살菩薩

---

* '틔다' 의 잘못

불국사佛國寺

흰 달빛
자하문紫霞門

달안개
물소리

대웅전大雄殿
큰보살

바람소리
솔소리

범영루泛影樓
뜬그림자

흐는히
젖는데

흰달빛
자하문紫霞門

바람소리
물소리.

모란여정 牧丹餘情

모란꽃 이우는 하얀 해으름

강을 건너는 청모시 옷고름

선도산 仙桃山
수정 水晶 그늘
어려 보라빛

모란꽃 해으름 청모시 옷고름

여운餘韻

산山은 산인 양 의연하고
강江은 흘러 끝이 없다
댓잎에 별빛 초가삼간
이슬 젖은 돌다리 모과수木果樹 그늘
하늘 밖 달빛에 바람은 자고
댓잎에 그윽한 바람소리

월야月夜

댓잎에 달빛 댓잎 그림자
매화梅花가지에 매화梅花가지 그림자
스스로 마음에 에우는 달무리
스스로 풀리는 밤을
영창映窓이 푸른 채로
하얗게 새운다.

해으름

산山
첩첩
쓸리는 구름

잔솔포기 자라서
영嶺 넘어가고

정情은 만리萬里
해으름 만리萬里

객주집 문전에
나귀가 운다.

도리桃李

오얏꽃은 하얗게
도화桃花는 연분홍

시오리 영嶺 넘으로
풀리는 풀빛

여기는 옹당샘*
벽옥碧玉하늘

동구洞口밖 들길에
해종일 아지랭이

---

* '옹달샘' 의 잘못.

향香내음

부처님은
연대蓮臺 위에서
무릎을 펴시고
나오셨다.

조용한
걸음새……

탑塔이 나붓이
고개를 조아리는데

부처님은
은은한 말씀을
머금고 계신다.

목련꽃
오붓한 화뢰花蕾

날가지* 위에서
미소微笑를 머금듯
조용하다.

*

부처님 앞에
단정端正히
앉아
향香을 사릅니다.*

청아淸雅한 기운
스르르 천년千年이 어려
풀립니다.

부처님은
귀가 큼직합니다.
인중人中이 길숨한
자부럼

내 마음을
솔바람 소리에
맡겨버리고
달빛처럼
앉았습니다.

---

*잎이 없는 맨 가지.
* '사르다' 의 방언.

구름 밭에서

비둘기 울듯이
살까 보아
해종일 구름밭에
우는 비둘기

다래머루 넌출*은
바위마다 휘감기고
풀섶 둥지에
산새는 알을 까네

비둘기 울듯이
살까 보아
해종일 산 넘어서
우는 비둘기

---

*길게 뻗어 나간 식물의 줄기.

구황룡九黃龍

날가지에 오붓한
진달래꽃을

구황룡 산길에
금실 아지랑이

―풀섶 아래 꿈꾸는 옹달샘
―화류장롱 안쪽에 호장저고리
―새색시 속눈썹에 어리는 이슬

날가지에 오붓한
꿈이 피는

구황룡 산길에
은실 아지랑이

고사리

심산深山고사리 바람에 도르르
말리는 꽃고사리

고사리 순에사 산짐승 내
음새 암슝컷 다소곳이 밤
을 새운 꽃고사리

도롯이 숨이 죽은 고사리
밭에 바람에 말리는 구름
길 팔십리八十里

봄비

조용히 젖어드는 초草지붕 아래서
왼종일 생각나는 사람이 있었다

월곡령月谷嶺 삼십리三十里 피는 살구꽃
그대 사는 강마을의 봄비 시름을

장독 뒤에 더덕순
담 밑에 모란움

한나절 젖어드는 흙담 안에서
호박순 새 넌출이 사르르 펴난다

밭을 갈아

밭을 갈아 콩을 심고
밭을 갈아 콩을 심고
　꾸룩꾸룩 비둘기야

백양白楊 잘라 집을 지어
초가삼간 집을 지어
　꾸룩꾸룩 비둘기야

대를 심어 바람 막고
대를 쪄서 퉁소 뚫고
　꾸룩꾸룩 비둘기야

장독 뒤에 더덕 심고
장독 앞에 모란 심고
　꾸룩꾸룩 비둘기야

웃말 색씨 모셔 두고
반달 색씨 모셔 두고
　꾸룩꾸룩 비둘기야

햇볕 나면 밭을 갈고
달빛 나면 퉁소 불고
　꾸룩꾸룩 비둘기야

임에게 2

안타까운
마음은

은은히 흔들리는
강나룻배

누구를 사모하는
까닭도 없이

문득 흔들리는 강나룻배

임에게 3

꿈을 꾸네
꿈을 꾸네
대낮에도 구우는
흰 수레바퀴

스스로 사모하는
나의 자리에
가는 숨결 고운 시간 꿈의 자리에
나 홀로 열매지는 작은 풀열매

임에게 4

내 색시는 하얀 넋
천만년 달밤

열두 가람 여울목에
스며 우는데

파란 옥 댓마디에
아슬한 학鶴을

구름 위에
잔잔한 옥피리 소리.

낙랑공주樂浪公主

보얀 가리마
아 공주公主님
당신의 하얀 꿈길을……

공주公主님
몇 천리千里나 되오릿까
보얀 가리마를 밟고

횟청거리는 낙랑樂浪 말씨의
긴 사연을
어쩌면
지필紙筆로 다 엮으리오

설핏한 반달이
기운 사창紗窓에
모로 돌아앉인
은은한 아미娥眉

숱한 세월의
낡은 주렴珠簾을 걷어올리소서

아아 환한 보름의

웃는 눈매

보얀 가리마
아 공주公主님
나의 서러운 꿈길을……

공주公主님
몇 만리萬里나 되오릿까
울음 우는 가슴을 밟고

월야月夜

대밭에는 비단안개다

달이 구름에서 나오면
동내 가느른 골목이
흰 다님*같다.

앞산자락에
작은 송뢰松籟 일어 잔잔하고
들 밖으로 달빛 감고 달빛 감고
사람 그림자 밤길 가고……

아래윗마을 휘영청 달 밝다.

---

* '대님'의 옛말.

청靑밀밭

달안개 높이 오르고
청밀밭 산기슭에 밤비둘기
스스로 가슴에 고인 그리움을
아아 밤길을 간다.

풀잎마다 이슬이 앉고
논귓물이 우는 길을
달빛에 하나하나
꿈을 날리고
그 떠가는 푸른 비둘기……

눈물 어린 눈을

향깃한 달무리를

길은 제대로 숨어버렸다.

도화桃花 한 가지

물을 청請하니
팔모반상飯床에 받쳐들고 나오네
물그릇에
외면外面한 낭자娘子의 모습.
반半은 어둑한 산봉우리가 잠기고
다만 은은한 도화桃花 한 그루
한 가지만 울 넘으로
영嶺으로 뻗쳤네.

운복령雲伏嶺

심산深山고사리, 바람에 도르르 말리는 꽃고사리.

고사리 순에사 산짐승 내음새, 암수컷 다소곳이 밤을
새운 꽃고사리.
도롯이 숨이 죽은 고사리밭에, 바람에 말리는 구름길
팔십리八十里

난蘭. 기타其他

심상心象

눈동자瞳子안에 한 줄기의 사태沙汰
　　　하얀 벼랑, 은은한 달밤을

눈瞳子안에 한 줄기의 붕괴崩壞
　　　은실 모래의 세류細流

포도빛 투명한 음악音樂의 해일海溢
　　　눈동자瞳子 안에

눈동자瞳子안에 아듀adieu, 아듀adieu
　　　꺼져가는 모음母音
　　　한 개마다의 등불.

그윽한 선율旋律의 흔들리는 낙반落磐을
　　　눈동자瞳子안에

눈동자瞳子안에
하나의 생명生命
한 개의 모음母音.
한 줄의 운율韻律을.
은실 모래의 세류細流. 하얀 벼랑, 은은한 달밤을.
　　　눈동자瞳子안에 한 줄기의 사태沙汰,
　　　한 마리씩 떠나가는 새들.

야반음夜半吟

소내기가 비롯하는 야반夜半의
깊은 침묵沈默을

홀연히 두두둑
파초芭蕉잎새.

두발頭髮은 히끗이
서리가 덮히고

비로소
한밤에 잠도 깨이고.

저
자욱하게 아득한 것을

마음은
화운和韻하고.

멀고 가까운 것을
새삼스러이 헤아리노니

침상枕上에는

오릇하게 조으는 불빛.

이 밤을
밤만큼 넓은 잎새를 펼치고

파초芭蕉는 차라리
외롭지 않다.

사향가思鄉歌

밤차를 타면
아침에 내린다.
아아 경주역慶州驛.

이처럼
막막한 지역地域에서
하룻밤을 가면
그 안존하고 잔잔한
영혼의 나라에 이르는 것을.

천년千年을
한 가락 미소微笑로 풀어버리고
이슬 자욱한 풀밭으로
맨발로 다니는
그 나라
백성百姓. 고향사람들.

땅 위와 땅 아래를 분간하지 않고
연꽃 하늘 햇살 속에
그렁저렁 사는
그들의 항렬을. 성姓받이를.

이제라도

갈까 부다.
무거운 머리를
차창車窓에 기대이고
이승과
저승의 강을 건느듯
하룻밤
새까만 밤을 달릴가 부다

무슨 소리를.
발에는 족가足枷*
손에는 쇠고랑이
귀양 온 영혼의
무서운 형벌刑罰을.
이 자리에 앉아서
돌로 화하는
돌결마다
구릿빛 싯벌건 그 무늬를.

---

*차꼬. 죄수를 가둘때 쓰던 형구. 두 개의 기다란 나무토막을 맞대어 그 사이에 구멍을 파서 죄인의 발목을 넣
고 자물쇠를 채우게 되어 있다.

하관下棺

관棺이 내렸다.
깊은 가슴 안에 밧줄로 달아 내리듯
주여
용납容納하옵소서
머리맡에 성경聖經을 얹어주고
나는 옷자락에 흙을 받아
좌르르 하직下直했다.

    *

그후로
그를 꿈에서 만났다.
턱이 긴 얼굴이 나를 알아보고
형兄님!
불렀다.
오오냐 나는 전신全身으로 대답했다.
그래도 그는 못 들었으리라
이제
네 음성音聲을
나만 듣는 여기는 눈과 비가 오는 세상.

    *

너는
어디로 갔느냐

그 어질고 안쓰럽고 다정한 눈짓을 하고
형님!
부르는 목소리는 들리는데
내 목소리는 미치지 못하는
다만 여기는
열매가 떨어지면
툭하는 소리가 들리는 세상.

당인리唐人里 근처近處

당인리唐人里 변두리에
터를 마련할가 보아.
나이는 들고……
한 사四, 오백五百 평坪(돈이 얼만데)
집이야 움막인들.
그야 그렇지. 집이 뭐 대순가.
아쉬운 것은 흙
오곡五穀이 여름*하는.
보리 · 수수 · 감자
때로는 몇 그루 꽃나무.
나이는 들고……
아쉬운 것은 자연自然.
너그러운 호흡呼吸, 가락이 긴
삶과 생활生活.
흙을 종일終日,
흙하고 친親하고
(아아 그 푸근한 미소微笑)
등어리를
햇볕에 끄실리고
말하자면
정신情神의 건강健康이 필요한.
당인리唐人里 변두리에
터를 마련할가 보아.

(괜한 소리, 자식들은
어떡하고, 내가 먹여살리는)
참, 그렇군.
한쪽 날개는 죽지채 부러지고
가련한 꿈.
그래도 사四, 오백五百 평坪
땅을 가지고(돈이 얼만데)
수수 · 보리 · 푸성귀
(어림없는 꿈을)
지친 삶, 피로한 인생人生
두발頭髮은 히끗한 눈이 덮이는데.
마음이 허전해서
너무나 허술한 차림새로
(누구나 허술하게 떠나기야 하지만)
길 떠날 채비를.
기도祈禱 한 구절句節 올바르게
못 드리고
아아 땅버들 한 가지만 못하게
(괜찮아, 괜찮아)
아냐. 진정으로 까치 새끼 한 마리만 못하게
어이 떠날가 보냐.
나이는 들고……
아쉬운 것은 자연自然.

그 품 안에 쉴
한 사四, 오백五百 평坪
(돈이 얼만데)
바라보는 당인리唐人里 근처近處를
(자식들은 많고)
잔잔한 것은 아지랑인가(이 겨울에)
나이는 들고.

*열매.

아가雅歌

어린 사슴이 난길로 벗어나
저문 산山을
바라듯.

또한 성근 풀잎새에
잠자리를
마련하듯.

  (어디서 은은한
   열쇠 소리
   은과 은의 쇠고리가
   부딪는 소리)

한밤중
강설降雪이 비롯하듯
마음은 가라앉고

또한
눈이 개이듯
설레는 희열감喜悅感.

  (어울려
   종鍾이 울고

어느 한 개는
늘 잠잠하고)

찬놀 하늘에
고목枯木이 수런대듯
잠자리는
외롭고.

또한 한밤중
등燈불이 켜지듯
꿈은
부풀고.

(꽃송이 아래서
꽃송이가 이울고
그 위치位置에서
어느 송이는 봉오리를 갖고)

사랑은 가고
아지랑이에 얼려
꽃은 지고.

또한 꿈이 이울고

비맞이 바람에
잎새는 떨리고.

    (어디서 은은한
     열쇠소리
     은과 은의 쇠고리가
     부딪는 소리……)

한정閑庭

저 구름의
그윽한 붕괴崩壞를
멜로디만 꺼지는 은은한 휘나레.*

앞으로
내 날은
영원한 한일閑日.

주름살이 곱게 밀리는 조용한 하루.

                    *

마른 국화菊花 대궁이가 고누는* 하늘로

구름이 달린다. 모발毛髮이 소멸消滅하는
구름이 달린다. 돛을 말며

마흔과 쉰 사이의 나의 하늘 아래

가늘게 흔들리는 뜰이어.

                    *

겨우 개었나 부다.

눌변訥辯의 깃자락에 소내기가 묻어오는 그 하늘이.

오늘은 구름이 갈라진 틈서리로
아아 낭낭한 모음母音의 궁륭穹窿*.

긍정肯定의 환한 눈동자瞳子 안에
구름이 달린다. 모발毛髮이 삭으며
구름이 달린다. 돛을 말며

                    *

윤곽輪廓부터 풀리는 사람들에게
나는 눈짓을 보낸다.
하직의 손을 저으며
구름이 소멸消滅한다. 이마 위에서
구름이 소멸消滅한다. 눈동자瞳子 안에서.

---

*피날레finale.

*겨누다.

*활이나 무지개같이 한가운데가 높고 길게 굽은 형상.

적막寂寞한 식욕食慾

모밀*묵이 먹고 싶다.
그 싱겁고 구수하고
못나고도 소박素朴하게 점잖은
촌 잔칫날 팔모상床*에 올라
새 사돈을 대접하는 것.
그것은 저문 봄날 해질 무렵에
허전한 마음이
마음을 달래는
쓸쓸한 식욕食慾이 꿈꾸는 음식飮食.
또한 인생人生의 참뜻을 짐작한 자者의
너그럽고 넉넉한
눈물이 갈구渴求하는 쓸쓸한 식성食性.
아버지와 아들이 겸상兼床을 하고
손과 주인이 겸상兼床을 하고
산나물을
곁들여놓고
어수룩한 산기슭의 허술한 물방아처럼
슬금슬금 세상 얘기를 하며
먹는 음식飮食.
그리고 마디가 굵은 사투리로
은은하게 서로 사랑하며 어여삐 여기며
그렇게 이웃끼리
이 세상을 건느고

저승을 갈 때,
보이소 아는 양반 앙인기요
보이소 웃마을 이 생원李生員 앙인기요
서로 불러 길을 가며 쉬며 그 마지막 주막酒幕에서
걸걸한 막걸리 잔을 나눌 때
절로 젓가락이 가는
쓸쓸한 음식飮食.

---

* '메밀'의 잘못.
*여덟 모가 난 상.

모일某日

〈시인詩人〉이라는 말은
내 성명姓名 위에 늘 붙는 관사冠詞
이 낡은 모자帽子를 쓰고
나는
비오는 거리로 헤매었다.
이것은 전신全身을 가리기에는
너무나 어쭙잖은 것
또한 나만 쳐다보는
어린 것들을 덮기에도
너무나 어처구니 없는 것.
허나, 인간人間이
평생 마른 옷만 입을가 부냐.
다만 두발頭髮이 젖지 않는
그것만으로도
나는 고맙고 눈물겹다.

소찬素饌

오늘 나의 밥상에는
냉이국 한 그릇.
풋나물 무침에
신태新苔.
미나리 김치.
투박한 보시기에 끓는 장찌개.

실보다 가는 목숨이 타고난 복록福祿을.
가난한 자의 성찬盛饌을.
묵도默禱를 드리고
젓가락을 잡으니
혀에 그득한
자연의 쓰고도 향깃한 것이여.
경건한 봄의 말씀의 맛이여.

넥타이를 매면서

의관衣冠을 바로하고
이제는
방황하지 않는다.
알맞은 위치에 항상 시선視線을 모은다.
(처마보다 한 치 높이.
허나 하늘로 흘러 보내지 않는)
바득하게 고인 물의
팽창한 수면水面을.
그 낭창거리는 것의 본질本質을
깊숙이 생명生命 안에 닻을 내리고
잠자는 어린 것들
머리맡에서
시詩를 읊고 독서讀書를 하고
때로는 벗을 만나러
약속한 제 시간에 거리로 나간다.

춘소春宵

자획字劃마다
큰직하게 움이 트는
박朴 · 목木 · 월月
—밤에 자라나는 이름아.
가난한 뜰의
등상藤床 기둥을 감아
하룻밤 푸근히 꿈속에
쉬는 포도넝쿨.
—오해를 말라.
박목월朴木月은
당신이 아는 그 성명이 아닐세.
하루의 직업이 끝난
그날 밤에
잠자리에 들기 전을
가만히 혼자서 꼬내 보는
꿈의 통감증通鑑證
인쇄印刷된 이름.
그것은 박목월朴木月 안의 박목월朴木月
고독이 기르는 수목의 이름이다.

시詩

〈나〉는
흔들리는 저울대臺.
시詩는
그것을 고누려는 추錘.
겨우 균형均衡이 잡히는 위치位置에
한 가락의 미소微笑.
한 줌의 위안慰安.
한 줄기의 운율韻律.
이내 무너진다.
하늘 끝과 끝을 일렁대는 해와 달.
아득한 진폭振幅.
생활生活이라는 그것.

효자동孝子洞

숨어서 한 철을 효자동孝子洞에서
살았다. 종점 근처終點近處의 쓸쓸한
하숙下宿집.

이른 아침에 일어나
꾀꼬리 울음을 듣기도 하고
간혹 성경聖經을 읽기도 했다.
마태복음福音 오장五章을, 고린도전서前書 십삼장十三章을.

인왕산仁旺山은 해질 무렵이 좋았다.
보라빛 산외山巍에 어둠이 갈앉고
램프에 불을 켜면
등피燈皮에 흐릿한 무리가 잡혔다.

마음이 가난한 자者는 복福이 있나니……아아 그 말씀, 그 위로慰勞
그런 밤일수록 눈물은 베개를 적시고, 한밤중에 줄기찬 비가 왔다.

이제 두 번 생각하지 않으리라.
효자동孝子洞을 밤비를 그 기도祈禱를
아아 강물 같은 그 많은 눈물이 마른 하상河床에
달빛이 어리고
서글픈 평안平安이
끝없다.

청운교青雲橋

층층다리를
층층이 밟고 오르면
청운교青雲橋 돌층층계가
뒤로 물러가고

구름과 탑塔과 산山이
나란히 내려오는데
대웅전大雄殿 육중肉重한 처마가
내려오는데

내려오는
서라벌의 빛나는 궁창穹蒼*
그 하늘 위로
하얗게 솟아오르는
칠색 가람七色伽藍의 우람한 광망光芒*

수리수리 마하수리
수수리
사바하
아아 저것은 바람소리

그리고 오늘은

나를 실어가는 구름의 채배彩輩

---

*창천蒼天. 맑고 푸른 하늘.
*비치는 햇살.

뻐꾹새

잠이 오지 않는 밤이 잦다.
이른 새벽에 깨어 울곤 했다.
나이는 들수록
한恨은 짙고
새삼스러이 허무虛無한 것이
또한 많다.
이런 새벽에는
차라리 기도祈禱가 서글프다.
먼 산마루의 한 그루 수목樹木처럼
잠잠히 앉았을 뿐……
눈물이 기도祈禱처럼 흐른다.
뻐꾹새는
새벽부터 운다.
효자동 종점孝子洞終點 가까운 하숙下宿집
창窓에는
창窓에 가득한 뻐꾹새 울음……
모든 것이 안개다.
사람과 사람 사이의 인연도
혹은 사람의 목숨도
아아 새벽 골짜기에 엷게 어린
청보라빛 아른한 실오리

그것은 이내 하늘로 피어오른다.

그것은 이내 소멸消滅한다.
이 안개에 어려
뻐꾹새는
운다.

난蘭

이쯤에서 그만 하직下直하고 싶다.
좀 여유餘裕가 있는 지금, 양손을 들고
나머지 허락許諾받은 것을 돌려보냈으면.
여유餘裕 있는 하직下直은
얼마나 아름다우랴.
한 포기 난蘭을 기르듯
애석哀惜하게 버린 것에서
조용히 살아가고,
가지를 뻗고,
그리고 그 섭섭한 뜻이
스스로 꽃망울을 이루어
아아
먼 곳에서 그윽히 향기를
머금고 싶다.

묘비명墓碑銘

멜로디가 끝나고 오히려
그 풍성豊盛한 여운餘韻.
그런 종언終焉
그런 종언終焉의 감동感動을
─아아 눈을 감으리
함박눈이 멎은 후에 서럭서럭 오는 싸리눈

나는 잠든다.

치모致母

히죽히 웃으며 우리집 문턱을 넘어오는 치모致母
길씀한 얼굴이 말상像진 치모致母
팔뚝만 한 덧니가 정다운 치모致母
소쿠리만 한 입이 탐스러운 치모致母
─또 왜 왔노, 일 안 하고 이놈.
할아버지가 호통을 치면
─아재요
놀아가믄 일도 해야지 않는기요.
히죽히죽 웃으며 대답하는 치모致母
그는 성내는 일이 없다.
그에게는 바쁜 일이 없다.
늘 바지춤이 반쯤 흘러내리고
히죽히죽 웃는 치모致母
좀 모자란다고 했다.
좀 느리다고 했다.
더러운 법法이 없이 살 사람이라 했다.
어린 나는
통 모를 소리들이다.
다만 눈이 오는 밤에 새를 잘 잡는 치모致母
다만 목청도 구성지게 고담책古談冊을 잘 읽는 치모致母
그 치모致母가 지금도 강원도江原道산골에 산다 한다.
그 치모致母가 육십평생六十平生을 장가도 못 들고
그 치모致母가 때늦은 서당書堂에 아이 몇 놈을 모아놓고 하늘천 따지를 가르치며 산다 한다.
그리고
죽기 전에 고향 산나물을 참기름에 덤북히 무쳐
햇보리 상반밥에 팥을 두어 실컷 먹고 싶은 게 원願이라고
간혹 인편人便에 전해 오기도 했다.

폐원廢園

그는
앉아서
그의 그림자가 앉아서

내가
피리를 부는데
실은 그의
흐느끼는 비오롱 솔로

눈이
오는데
옛날의 나직한 종이 우는데

아아
여기는
명동明洞
사원寺院 가까이

하얀
돌층계에 앉아서
추억의 조용한 그네 위에 앉아서

눈이 오는데

눈 속에
돌층계가
잠드는데

눈이 오는데
눈 속에
여윈 장미薔薇 가난한 가지가
속삭이는데

옛날에
하고
내가 웃는데
하얀 길 위에 내가 우는데

옛날에
하고
그가 웃는데
서늘한 눈매가 이우는데

눈 위에
발자국이 곱게 남는다.
망각忘却의 먼
지평선地平線이 저문다.

먼 사람에게

팔을 저으며
당신은 거리를
걸어가리라.
　먼 사람아.

팔을 저으며
나는 거리를
걸어간다.
　먼 사람아.

먼 사람아.
내 팔에 어려오는
그 서운한 반원半圓

내 팔에 어려오는
슬픈 운명運命의
그 보라빛 무지개처럼……

무지개처럼
나는 팔이
소실消失한다.

손을 들어

당신을
부르리라
　먼 사람아

당신을
부르는
내 손끝에
일월日月의 순조로운 순환循環
아아
연軟한 채찍처럼
채찍이 운다.
　먼 사람아.

등의자藤椅子에 앉아서

무엇을 꿈 꾸랴. 꿈 꾸기 좋아하는 사람의 눈은 시원하고 맑다. 그 눈을 꿈에서 그려보며 등藤의자에 앉았다. 의자에 앉아서 바라보는 구름은 한결 넉넉하고 새하얗게 표백漂白되어 보인다. 그 구름 아래, 구름의 그림자가 천천히 흐르는 동안에 보라빛으로 변색變色하는 선명鮮明한 산천山川이 있다. 그런 산천山川이야말로 꿈 꾸기 좋아하는 사람의 시원하게 맑은 눈동자 속에 흠빡 잠겨 있다.

나는 헷세의 시詩를 좋아한다. 어쩌면 그의 시詩보다 담담淡淡한 물감으로 아무렇게나 그려놓은 그의 수채화水彩畵를 한결 좋아할는지 모른다.
헷세의 수채화水彩畵에는 끊임없이 방랑放浪하는 이 시인詩人의 외로운 노래가 소리없이 깃들었다. 아아 라인강江 근처近處의 포도원葡萄園, 알프스산山기슭의 어엽잖은 농가農家, 아스팔트를 깔지 않은 길가의 가난한 가로수街路樹, 소내기가 묻어오는 호수湖水가의 물빛들이, 조용한 우수憂愁 속에 담박淡泊한 색채色彩를 지니고 있다. 소박素朴한 미소微笑를 머금고 가난하게 충만充滿하여 제대로 한 세기 전世紀前의 램프불에 비친 풍경風景들……
헷세는 그런 풍경風景을 구름의 눈매로, 설핏한 인자仁慈로움으로 바라보았으리라.
등藤의자에 앉아서, 그의 화첩畵帖을 바라보면 의자는 가벼운 날개를 펴고 날아가버린다.
……헷세의 구름송이가 이우는 하늘로, 그곳에서 꿈 꾸기 좋아하는 사람의 맑은 눈매에 어리는 무지개의 한 끝이 풀린다.

참으로 왜 삶이 고된 고역苦役이 될까 부냐. 산다는 것은 한량없이 즐거운 것을. 다만 즐거움을 즐거움에서만 찾으려기 때문에 고되리라. 섯핏한 불빛으로 밝혀보라. 램프가 물고 있는 삶의 희열喜悅을, 싸락눈이 오는 길의 서운한 평안平安을, 그리고 헷세의 구름의 눈매가 이룩하는 조용하게 흐르는 냇물 같은 생애生涯를,

등藤의자에 앉아서……

며칠 후에는 이 등藤의자를 손보아 간수하리라. 그 의자에 앉아 바라보는 하늘은 한결 부드러운 박자拍子를 머금고 조용하다. 은은한 남빛의 자락으로 짜놓은 멜로디의 비단결……

정숙靜肅한 얼굴, 그 얼굴은 고개를 갸웃이 나를 본다. 황홀한 나의 신앙信仰. 나의 얼굴.

내 마음에 함뿍 끼워진

그 창으로 당신들을 바라보리라. 아, 고마운 분들을.

이웃은 나직한 합창合唱을 하고.

낯선 아이들이 꽃송이처럼 만발滿發하고, 소녀들은 웃고만 있다. 무슨 신조信條를, 영어英語 스펠처럼 외우지 않는다. 인생人生에 어려운 시험試驗이 없기 때문이다. 모조리 고개를 약간 지우고 걸어가는 풀밭 길.

아아 새들이 가지마다 프류욷*을 분다. 이윽고 별이 초롱초롱한 밤이 오면은, 등藤의자에 앉은 채 잠이 드리라. 천사天使의 박수拍手 소리로 열린 길 위에 헷세의 눈매를 하고 나는 잠 속에서 먼 길을 가리라.

일찍 예비된 또 하나의 등藤의자에 앉게 될 것을.

그곳에서 만나뵐 분이 계시는 것을.

---

*플루트.

산山 · 소묘素描 1

한 자락은 햇빛에 빛났다. 다른 자락은 그늘에 묻힌 채…… 이 길쑴한 산山자락에 은은한 웃음과 그윽한 눈물을 눈동자에 모으고 아아 당신은 영원한 모성母性.

그의 음양陰陽의 따뜻한 회임懷姙 안에 나는 눈을 뜨고 감았다. 다만 한 오리 안개가 그의 신비神秘를 살픈 가리고 있었다. 어머니라는 말씀이 풀리지 않게 또한 굳지 않게.

*

선녀仙女는 늘 승천昇天했다. 우의羽衣 한 자락이 하얗게 빛났다. 또 한 자락은 어둠에 젖은 채…… 어둠에 젖은 채 선녀仙女는 또한 늘 하강下降했다.
초록빛 깊은 하늘에는 은두레박 오르내리는 소리가 들렸다.

산山·소묘素描 2

갈기가 휘날렸다. 말 발굽 아래 가로눕는 이슬밭. 패랭이꽃 빛으로 돈
다. 무지개가 감기고 풀리고 하얗게 끓는 질주疾走. 태고太古의 아침을, 창
조創造의 숨가쁜 시간을. 출렁거리는 생명. 마악 눈을 뜬, 더운 피가 금시
에 돈, 그것의 질주. 달리는 그것으로 달리게 되고, 달리게 하는 그것으로
달리게 되는 말굽 아래 척척 가로눕는 구름. 새로 빚은 구름 엉키고 풀리
고 휘휘 도는 무지개······

달리는 것 옆에서 달리는 것이 목덜미를 물고, 출렁거리는 엉덩이, 불을
뿜는 입, 생명生命의 고동鼓動을. 비등沸騰을. 뿜는 숨결, 끓는 박자拍子. 발
굽의 말발굽의 날개를······

팍 앞무릎이 꼬꾸라진 채
영영
산山이 된.

산山 위에 은은한 천개天蓋.

112

산山·소묘素描 3

산山이 성큼성큼 걸어왔다.

바다에서 갓 솟은 어리고 애띤 산山. 주름진 긴 치맛자락을 꽂아 쥐고, 이슬이 굵은 태초太初의 칠색七色이 영롱玲瓏한 풀밭을. 그 깊은 고요를 밟고……

빨래 나온 아낙네가 산山이 걸어오시네, 그 한마디에 산山은 무안해서 엉거주춤 주저앉아버렸다. 치맛자락을 고쳐 지를 겨를도 없이. 너무나 수집은 이 창조創造의 신神의 이마를 한 자락의 안개가 가려주었다.

흘러내린 그 자락에 바람은 영원히 희롱했다. 아아 두 치만 감아 꽂았더면, 우리 마을은 아늑한 골짜길 것을, 그리고 어린 나는 별빛처럼 빛나는 바다로 눈길을 돌리지 않고, 아아峨峨한 산꼭지에 조용히 동경憧憬을 묻었을 것을.

산山·소묘素描 4

　어느 것은 웅크리고 앉아, 이마를 맞대고 수군거리듯, 어느 것은 힐끗이
돌아보고, 말쑥히 물러서고, 또한 어느 것은 어깨를 추스리고 서서 고개를
젖혀 하늘을 우러러 오불관吾不關의 태態, 다만 어느 하나는 얌전히 동구洞
口 앞에 이르러, 너붓이 절을 드리듯. 그것은 문안問安 온 외손자外孫子뻘.

*

　나붓이 나드리온 선녀仙女련 듯 열두 폭 치맛자락을 사려꽂았다. 다만
한자락은 천연스럽게 바람에 맡기고…… 그 자락을 타고 사월달 긴긴해를
두릅, 휘휘초, 취, 범벅궁이, 달래, 돌미나리, 산나물을 광우리마다 채운다.

산山·소묘素描 5

　펑퍼져 넓기만 한 면상面相은 미련하고 어수룩하고 선량善良하고 고집
스러운 바로 치모致母 영감. 한발이나 되는 길고 넓은 인중人中을 한참 기
어오르면 양 날개를 접고, 우왁스럽게 앉은 저것은 버얼건 유자柚子코.

　그 인중人中터에 아버님을 모셨다.

　아버님의 편안한 거처居處.

　오를 때마다 늘 마음이 푸군했다.

산山·소묘素描 6

아아峨峨한 산山, 주름잡힌 긴 솔기 치맛자락에 이슬, 비, 아지랑이. 봄
달, 가을 단풍丹楓, 겨울 진눈깨비, 운애雲靄 안개, 구름, 무지개……
피고 지고 어리고 풀렸다.

운애雲靄라는 아지랑이 애 자字는 선고先考께 배운 자字로구나.

산山 · 소묘素描 7

산山에는
척촉躑躅*이 피었다.

이른 봄을
그것은 어디서 피어오는 것일가.

한오리 아지랑이에도
가볍게 흔들리는 산山.

산山에는
새가 울었다.

설핏한 산그림자가
산山에 어린다.

두릅나무 순은
어디서 돋아나는가.

한 줄기 빛에도
환하게 웃는 산山.

아우의 묘지墓地는
산중山中 허리에 있었다.

새로 봉토封土한
싯벌건 흙을.

산길은 늘 멀고
또한 가까운데

한 오리 아지랑이에도
가볍게 흔들리는 산山.

*철쭉.

청담

겨울장미薔薇

  그것도 문장文章이 된다. 아아 한중록恨中錄(늙음의 은혜로움). 붓을 잡는 혜경궁惠慶宮 홍씨洪氏의 흉벽胸壁에서 삭아내리는 것이 오늘은 굵은 눈발에 가늘디 가는 것도 얼려 적막寂寞한 신부新婦에 하얀 너울을 씌운다. 마른 하상河床에서 뻗어올린 손들을 벌리고, 신부는 삭아내리는 너울자락을 경건히 받쳐들고 있다.
  ……뜰에는 겨울장미薔薇 마른 속삭임.

가정家庭

지상地上에는
아홉 켤레의 신발.
아니 현관玄關에는 아니 들깐에는
아니 어느 시인詩人의 가정家庭에는
알전등電燈이 켜질 무렵을
문수文數가 다른 아홉 켤레의 신발을.

내 신발은
십구문반十九文半.
눈과 얼음의 길을 걸어,
그들 옆에 벗으면
육문삼六文三의 코가 납짝한
귀염둥아 귀염둥아
우리 막내둥아.

미소하는
내 얼굴을 보아라.
얼음과 눈으로 벽壁을 짜올린
여기는
지상地上.
연민憐憫한 삶의 길이여.
내 신발은 십구문반十九文半.
아랫목에 모인

아홉 마리의 강아지야
강아지 같은 것들아.
굴욕屈辱과 굶주림의 추운 길을 걸어
내가 왔다.
아버지가 왔다.
아니 십구문반十九文半의 신발이 왔다.
아니 지상地上에는
아버지라는 어설픈 것이
존재存在한다.
미소하는
내 얼굴을 보아라.

밥상床 앞에서

나는 우리 신규信奎가
젤 예뻐.
아암, 문규文奎도 예쁘지.
밥 많이 먹는 애가
아버진 젤 예뻐.
낼은 아빠 돈 벌어가지고
이만큼 선물을
사 갖고 오마.

이만큼 벌린 팔에 한 아름
비가 변變한 눈 오는 공간空間.
무슨 짓으로 돈을 벌까.
그것은 내일에 걱정할 일.
이만큼 벌린 팔에 한 아름
그것은 아버지의 사랑의 하늘.
아빠, 참말이지.
접때처럼 안 까먹지.
아암, 참말이지.
이만큼 선물을
사 갖고 온다는데.
이만큼 벌린 팔에 한 아름
바람이 설레는 빈 공간空間.
어린 것을 내가 키우나.

하느님께서 키워주시지.
가난한 자者에게 베푸시는
당신의 뜻을
내야 알지만.
상床 위의 찬饌은 순식물성純植物性.
숟갈은 한죽에 다 차는데
많이 먹는 애가 젤 예뻐.
언제부터 측은惻隱한 정情으로
인간人間은 얽매어 살아왔던가.
이만큼 낼은 선물 사오께.
이만큼 벌린 팔을 들고
신神이어. 당신 앞에
육신肉身을 벗는 날,
내가 서리다.

영탄조咏嘆調

나이 오십五十 가까우면
기운 내의內衣는 안 입어야지.
그것이 쉬울세 말이지.
성한 것은
자식들 주고
기운 것만 내 차례구나.
겉만 멀끔 차리고 나니,
눈가림만 하자는 것이네.
설사 남이야 알 리 없지만
내가 나를 못 속이는걸.
내가 나를 못 속이는걸.
뭘, 그러세요. 기운 것이나마
따스면 됐지. 아내의 말일세.
얼마나, 사람이 억만년億萬年 살면
등만 따스면
살 것인가.

지금은 엄동嚴冬.
눈이 얼어, 빙판氷板이구나.
등만 따스면
그만이라, 겉치레도 벗어버릴까.
안팎이 여일如一하고
표리表裏 없이 살자는데

어라, 바로
너로구나.
누더기 걸친 우리 내외內外
보고 빙긋 마주 빙긋
겨울 삼동三冬을 지내는구나.

겨울장미薔薇

뜰에는 눈이 뿌렸다.
삭아서 내리는
겨울장미薔薇의 마른 속삭임.
멀고 그윽한 미소微笑가
삭아서 내리는
눈발 속에서
혼례식의
그 얼굴이 삭아서 내리는
마른 속삭임 속에서
손바닥으로
눈발을 받아 드는
이 지복至福한 순간瞬間
이제 겨우
짐을 벗고 청춘靑春의
가시면류관을 벗고
이 쓸쓸한 세계世界로
회임懷妊되어 가는
아아
뜰에 눈이 뿌렸다.
겨울장미薔薇의 마른 속삭임.

소곡小曲

불이 켜질 무렵
잠드는 바람 같은
목마름.

진실로
겨울의 해질 무렵
잠드는 바람 같은
적막한 명목瞑目*

<hr>

*눈을 감음. 편안한 죽음을 비유적으로 이르는 말.

사월四月 상순上旬

누구나
인간人間은
반쯤 다른 세계에
귀를 모으고 산다.
멸滅한 것의
아른한 음성音聲
그 발자국 소리.
그리고
세상은 환한 사월四月 상순上旬.

누구나
인간人間은
반쯤 다른 세계의
물결 소리를 들으며 산다.
돌아오는 파도波濤
집결集結하는 소리와
모래를 핥는
돌아가는 소리.

누구나
인간人間은
두 개의 음성音聲을 들으며 산다.
허무한 동굴洞窟의

바람 소리와
그리고
세상은 환한 사월四月 상순上旬,

경사傾斜

　유자柚子남*에 유자가 열리고 귤橘나무에는 귤이 열리는 이 지순至純한 길은 바다로 기울었다.

　길에는 자갈이 빛났다. 건조乾燥한 가을길에 가뿐한 나의 신발(겨우 무거운 젊음의 젖은 구두를 벗은……) 길은 바다로 기울고 발바닥에 느껴지는 이 신비스러운 경사감傾斜感.

　겨우 시야視野가 열리는 남색藍色, 심오深奧한, 잔잔한 세계. 하늘과 맞닿을 즈음에 이 신비스러운 수평水平의 거리감距離感.

　유자柚子남에 유자가 열리고, 귤橘나무에는 귤이 열리는 이 당연한 길은 바다로 기울고, 가뿐한 나의 신발.

　나의 뒷통수에는 해가 저물고. 설레는 구름과 바람. 저녁 햇살 속에 자갈이 빛나는 길은 바다로 기울고, 나의 발바닥에 이 신비스러운 경사감傾斜感. 오오 기우는 세계여.

---

*나무.

한복韓服

품이 낭낭해서 좋다.
바지 저고리에
두루막을 걸치면
그 푸근한 입성.
옷 안에 내가 푹 싸이는
그 안도감安堵感은
어디서 오는 것일까.
모발毛髮은 거품으로 일어
먼 해안선海岸線으로 벋어가며 어는데
귀는
다른 바다의 소리를 듣는
요즈음 연륜年輪을
눈은 쌓이고
바람은 언 땅 위로 휘몰려도
햇솜을 푸짐하게 놓은
한복韓服
그것은 입성이 아니다.
비로소 돌아오는 질기고 너그러운
숨결이 베틀질한 씁씁한 생활生活.
육신肉身을 싸안아 육신肉身을
벗게 하는
무명 바지 저고리에 옥색玉色을 물들인
한복韓服.

대안對岸

가을 빗줄기에 비쳐오는 강江 건너 불빛.

—이 소슬蕭瑟한 경지境地의 대구對句를 마련하지 못한 채, 연年 오십五十. 반백半白의 연치年齒에 시정市井을 배회徘徊하며 의식衣食에 급급하다. 다만 강江건너에서 멀리 어려오는 불빛을 대안對岸에서 흘러오는 한오리 응답應答인양.

어둠 속에서 이마를 적시는 가을 나무.

돌

나도
인간人間이 되었으면,
아름다운 여인을
약속한 시간에 기다리고
팽창膨脹한 설계設計와
시작하기 전에 성공하는 사업事業과
거짓 것이나마
감정感情이 부픈
철따라 마른 옷을 입고
길거리에서 친구를 만나면
잇발이 곱게,
웃으며 헤어지는,
지금은 돌,
더운 핏줄이 가신.
지금은 고양이,
접시의 우유牛乳를 핥는.
지금은 걸레,
종일 구정물에 젖은.
아아 지금은
돌며 마멸磨滅하는 기계機械 한 부분.
지금은 인간人間 이전以前,
태어나지 못한.
지금은 인간人間 이하以下,

구멍 뚫린 구두밑창.

아아

인간人間이 되었으면

바람과 공약公約으로 들뜬 가슴을

꽝꽝 치면 울리는.

밤에는 다 잊고,

잠자리가 정결한.

길에서는 어깨를 저으며 걷는.

삶은 망설이지 않는,

의무에 짓눌리지 않는,

곧 그것은,

사람의 하루.

곧 그것은,

넘치는 생명감生命感.

그 길이 비록 죽음과 직통直通하여도

죽음은 항상,

불의不意의 춘사椿事에 불과不過한.

세 번 다시,

인간人間이 되었으면

윤나는 검은 머리를 치켜들고

목적目的 없는 백열경기白熱競技에 몰두沒頭하고,

내일來日은

환한, 무의미無意味로 빛나고.

누구 눈에나,
그것은 찬란한 인간人間.
그늘 없는 광명光明,
다만
인간人間일 수 있는,
인간人間이 되었으면.

우회로迂廻路

병원病院으로 가는 긴 우회로迂廻路
달빛이 깔렸다.
밤은 에테르*로 풀리고
확대擴大되어 가는 아내의 눈에
달빛이 깔린 긴 우회로迂廻路
그 속을 내가 걷는다.
흔들리는 남편의 모습.
수술手術은 무사히 끝났다.
메스를 카아제로 닦고⋯⋯
응결凝結하는 피.
병원病院으로 가는 긴 우회로迂廻路.
달빛 속을 내가 걷는다.
흔들리는 남편의 모습.
혼수昏睡 속에서 피어 올리는
아내의 미소微笑.(밤은 에테르로 풀리고)
긴 우회로迂廻路를
흔들리는 아내의 모습
하얀 나선통로螺旋通路를
내가 내려간다.

---

*마취약.

풍경風景

조망眺望

산山마루로
마른 연기처럼
풀리는 겨울의
겨울 나무, 뿌연 능선陵線을
타고 내려온 시선視線이
머무는,
교회教會,
잿빛 조망眺望을
나의 신앙信仰은 어둡다.

용산역龍山驛 부근附近

벌판에
어지럽게 깔린
녹슨 레일.
진펄에는
눈.
구름 속 해는
멍울처럼 멍청하고

지금은
하오下午 네 시.
나는 기침을 한다.
앓는 짐승의 울음
대피선待避線에는
화물차량貨物車輛의 망연한 일렬종대一列縱隊.

해동解冬

서울 변두리의
어느 정류소停留所에는
영하零下의 아침을
기다리는 사람들로
열렬列을 이루었다.
일력日曆은 삼월三月이지만
다리 난간欄干 사이로 보이는
부연 활주로滑走路
삭막한 풍경風景.
버스는 오고
우울한 동복冬服을
실어 나른다.

그 편으로
해가 익어온다.

전신轉身

나는
나무가 된다.
반쯤, 아랫도리의 꽃이 무너진
그
적막寂寞한 무게를
나는 안다.

나는
물방울이 된다.
추녀 밑에서 떨어지는.
그 생명生命의 흐르는
리듬을
나는 안다.

나는
접시가 된다.
그것이 받드는
허전한
공간空間의 충만을 나는
안다.

나는
바람이 된다.

밤 들판을 달리는.
고독孤獨이 부르짖는
갈증渴症의 몸부림을
나는
안다.

나는
씨앗이 된다.
과실 안에 박힌.
신앙信仰에 싹튼,
미래未來의 약속約束과 그 안도安堵를
나는
안다.

나는
돌이 된다.
하상河床에 뒹구는.
신神의 섭리攝理와
역사役事를
나는 안다.

나는
펜이 된다.

지금 내가 쓰는.
헌신獻身과 봉사奉仕의 즐거움을
나는
안다.

나는 무엇이나 된다.
지금
이 순간은.
시간時間은
팽창膨脹하고,
언어言語는 눈을 뜨는,
일점一點으로
삶의 의미는 집중集中하는,
감정의 부푼 균형均衡

어신魚身

I

빨래 나온 낭자娘子의 다리만 스치고도 포태胞胎하게 한 이어鯉魚가 초립草笠에 산호珊瑚동곳을 박은 굵은 상투를 틀어올리고 도련님 행색行色을 했다.

만일 핏줄이 벌겋게 선, 껌벅이지 않는 두 눈이 아니었더면 아무도 그가 잉어라는 것을 몰랐으리라.

II

둔탁鈍濁한 꼬리를 툭 치고, 여인들은 색정色情의 바다 위로 솟아오른다. 치마 밑에 어신魚身을 감추고, 나들이를 간다.

그러나 히프의 난숙爛熟한 중량重量. 인어人魚라는 것을 가릴 도리가 없다.

소슬簫瑟
—1962—九六二 가을, 헷세는 세상을 떠나다.

그 헤르만 헷세
구름의 시인詩人은 가고.
여름은 가고.
빈
모랫벌. 엷게
잿빛은 깔리고.
허연 해소海騷를 물고.
낡은
뱃전에 아로새긴
영원은 퇴색하고.
오늘은
소슬한 바람.
흥,
절로 흥. 주저앉은 폐선廢船.
삭은 용골龍骨*은
침묵沈默하고.
낡은
뱃전에 아로새긴
시詩는 마멸磨滅하고.
어리석은 어부는 늙고.
나부끼는 흰 머리꼭지에
짧아지는 해.

바다는
어둡고.
오늘은
소슬한 바람.
흥,
절로 흥. 삭은 용골龍骨에
바다는 어둡고.

---

*선박 바닥의 중앙을 받치는 길고 큰 재목. 이물에서 고물에 걸쳐 선체를 받치는 기능을 한다.

동물시초動物詩抄

염소

어느 날, 창경원昌慶苑엘 갔었다. 유심히 바라보면 모든 동물動物의 얼굴은 고독孤獨했다. 언어言語를 못 가진 것의 그 깊은 침잠沈潛.
이상李箱의 염소
붉은 눈자위
울고 새운 밤의 흔적이 테둘러 있었다.

하마河馬

뚝한 얼굴이 짧은 발을 어기적거리며 내게로 다가온다. 통성명通姓名을 하자는 것일까. 인사人事를 하기에는 내 얼굴 피부皮膚가 너무나 투명透明하고 외면外面하기에는 그의 얼굴이 너무나 심정적心情的이다. 입을 쩍 벌리는, 사이즈를 초월超越한 그의 입에 푸짐하게 어울릴 언어言語를 생각한다. 그 투박한 언어言語를─얄밉도록 세련된 나의 언어言語는 혀끝으로 구울리기 알맞을 뿐이다.

타조駝鳥

너무나 긴 목 위에서 그것은 비지상적非地上的인 얼굴이다. 그러므로 늘 의외意外의 공간空間에서 그의 얼굴을 발견發見하고 나는 잠시 경악驚愕한다. 다만 비스켓 낱을 주워 먹으려고 그것이 천상天上에서 내려올 때, 나는 다시 당황唐慌한다.

먹는다는 것이 동심적童心的인 천진天眞스러운 행위行爲일까. 누추하고 비굴한 본능本能일까. 확실히 타조駝鳥는 양면兩面을 가졌다. 소년少年처럼 순직純直한 얼굴과 벌건 살덩이가 굳어버린 이기적利己的인 노안老顔과……

그리고 이 괴이怪異한 면상面相의 주금류走禽類가 오늘은 나의 눈을 응시凝視한다.

낙타駱駝

진실로 박복薄福한 그 입. 소가 아무리 미련한 짐승이지만 그 든든하고 확고確固한 턱과 입으로 보아 조반석죽朝飯夕粥에 궁할 팔자八字가 아니다. 하지만 아랫입술이 약간 나온, 엷은 가죽이 민숭하게 처진 약대의 입은 온 얼굴이 입이다. 서러운 면상面相아. 물 한 모금 제대로 못 마실 운명에 순응順應해서, 입과는 거리距離를 두고, 저 안쪽에 어질고 작은 눈에 찬물이 괸 채……

원猿

미간眉間이 한곳으로 몰려, 새까만 두 눈이 새끼를 보둥켜 안고 있다. 그 극진極盡한 육친애肉親愛. 협량狹量하기 때문에 애정愛情이 외곬으로 쏠리는가.

원숭이의 얼굴은 두 개만 포개지면 사뭇 억만億萬의 얼굴이 모인 것처럼 슬픔의 강물이 된다.

　아 요것아, 요것아. 미개번족未開蕃族들의 가슴으로 흘러가는 이 강물이 그들로 하여금 인육人肉으로, 번제燔祭를 올리게 하는 광란狂亂을 불러일으키는 것인가

　그리고 오늘은 내가 원숭이로 화化하는가.

경상도의 가랑잎

벽壁

백지白紙로 도배한 방房의
백지白紙로 도배한 벽壁의 적막寂寞
불이 켜지면
더욱 두렵다.
너는 무엇이냐. 형형炯炯한 눈을 부라리고
너는 무엇이냐, 밋밋한 얼굴로
백지白紙는 백지白紙, 사방四方이 도배된
밤에 켜지는 불빛은 두렵다.

난초蘭艸 잎새

난초蘭艸 잎새에 밤이 무르익는다.
난초蘭艸의 존재存在, 잎새의 묵상默想.
동양적東洋的인 정신의 잎새에 무르익는
밤의 심도深度.
나는 혼자다.
오늘밤 월세계月世界로 달리는 로키트의 궤적軌跡이
난초蘭艸 잎새에 어린다.
난초蘭艸는 차라리 무료無聊하다.
차라리 수묵색水墨色.
난초蘭艸는 무엇이냐, 나는 무엇이냐.
허막한 공간. 바람에 씻기는 한 덩이 유성遊星 위에서
나의 내부內部에 돋아나는 난초蘭艸
밤을 응시하는 난초蘭艸의 눈, 난초蘭艸 잎새의 눈,
난초蘭艸는 차라리 무료無聊하다.
차라리 수묵색水墨色.
나는 혼자다.

춘분春分

자하문
동대문
문門 밖으로 나가는 길에
달아오르는 해.
앞산머리의 부끄러운 이마.
오오냐.
자하문
동대문
문 안으로 들어오는 길에
기우는 햇발.
앞산머리의 어두운 이마.
오오냐 오냐.

만년晩年의 꿈

마른 잠자리의
날개.
혹은 나비의 표본標本.
섬세하게 건조乾燥한
어제의 꿈.
마른 잠자리의
날개의 그림자.
혹은
핀세트로 집은 나비의
촉각觸角.
오블라아토*로 포장된
어제의 초원草原.
지난 것은
모두 과오過誤의 연속連續.
혹은
실수의 연발.
마른 잠자리의
날개에 어른거리는
뉘우침의 아라베스크.
혹은
마른 나비의 촉각觸角이 지시하는
운명의 방향方向.
다만

오늘은 마른 잠자리의
삭막한 침상寢床.
혹은
날개에 어른거리는
섬세하게 건조乾燥된
만년晩年의 꿈.

---

*오블라토. 녹말로 만든 반 투명의 얇은 종이 모양의 물건.

의상衣裳

누더기를 걸치고, 말끔하게 세탁한 누더기 같은 호움스펀 스프링 코우트를 이 한겨울에 걸치고, 우리 앞을 걸어가는 반백半白의 신사는 전직前職 시골 학교 교장이었을까. 청렴한 관리官吏였을까. 고무신짝을 끄는 그의 걸음걸이가 근엄했다.

아무리 그가 실의失意의, 그림자 같은 사람일지라도 그의 아내에게는 소중한 남편일까. 철 아닌 옷이나마 깨끗하게 빨아 다리고, 정성껏 기워 입혀 남편을 내보낸 것이다. 손으로 단정하게 감치고 박은 누더기의 기운 자리마다 아내되는 분의 얼굴이 내게로 육박肉迫했다. 인내忍耐에 길들인 서러운 미덕美德이여. 누더기 자락에 한국 아내들의 얼굴이 펄럭거렸다.

—여보, 선생.

불러서 따뜻한 인사말이라도 나누지 않고 지나쳐버릴 수 없었다. 하지만 돌아보는 그의 상반신上半身에는 얼굴이 없었다.

왕십리往十里

내일 모레가 육십六十인데
나는 너무 무겁다.
나는 너무 느리다.
나는 외도外道가 지나쳤다.
가도
가도
바람이 입을 막는 왕십리往十里.

하선夏蟬

올 여름에는 매미 소리만 들었다.
한 편의 시詩도 안 쓰고
종일 매미 소리만 듣는 것으로
마음이 흡족했다.
지천명知天命의
아침나절을
발을 씻고 대청大廳에 오르면
찬물을 자아 올리는
매미 소리.
마음이 가난하면
시詩는
세상에 넘치고
어느 것 하나 허술할 것이 없는
저 빛나는 잎새
빛나는 돌덩이.
누워서 편안한 대청大廳에서
씻은 발에
흐르는 구름.
잠이나 자야지.
낮에도
반쯤 밤으로
귀를 잠그고.
이 무료한 안정安定은

너무나 충만하다.
나무는 굵어질수록 우둔愚鈍한 것을
잠이나 자자.
지심地心에 깊이 뿌리를 묻고
종일
오금烏金의 날개를 부벼대는
매미 소리를 듣는 것으로
마음이 흡족했다.

잔설殘雪

적막하구나.
적막하구나.
백리百里 이백리二百里를 달려도
사방四方은 산으로 에워싸고
눈이 덮인 속리산俗離山
등을 붙이고
하루를 살 한 치의 땅이
어딜까.
부연 낙엽송落葉松.
산 모롱이를 돌면
해도 있는 듯 없는 듯
잔설殘雪만 얼어서 으스스한 산 모롱이
모롱이를 돌면
오늘은
보은報恩장
부옇게 추운 얼굴들이
마른 미역오리 명태마리
본목필을 교환하는
가난한 그들의 교역交易,
얼어서 애처러운 닭벼살.
적막하구나.
적막하구나.
이백리二百里 삼백리三百里를 달려도

팔방은 눈으로 덮히고
등 붙일 한 치의 땅이 없는
속리산俗離山
저무는 골짜기의 보라빛 눈, 벌판의 퍼런 눈
들 끝에 먼 불빛.

동행同行
—하단下端에서

갈밭 속을 간다.
젊은 시인詩人과 함께
가노라면
나는 혼자였다.
누구나
갈밭 속에서는 일쑤
동행同行을 놓치기 마련이었다.
성형成兄
성형成兄
아무리 그를 불러도
나의 음성音聲은
내면內面으로 되돌아오고
이미 나는
갈대 안에 있었다.
바람이 부는 것도 아닌데
갈밭은
어석어석 흔들린다.
갈잎에는 갈잎의 바람
백발白髮에는 백발白髮의 바람
젊은 시인詩人은
저편 기슭에서 나를 부른다.
하지만 이미 나는

응답應答할 수 없었다.
나의 음성音聲은
내면內面으로 되돌아오고
어쩔 수 없이 나도
흔들리고 있었다.

무제無題

서재書齋 하나가 남편에게
소원이듯 아내는
커어튼을 내리고
조용히 쉴 수 있는 네모 반듯한
마루방 하나가 소원이다.
문을 잠그고
홀로 사색을 즐길 수 있는
남편의 고독한 서재書齋.
두터운 커어튼을 내리고
잠시 휴식을 가질 수 있는
아내의 나즈막한 소파.
하지만 아내는
서서 종일
일을 하며 찬송가를 부르며
해를 보내고.
거리를 거닐며 남편은
시詩를 생각한다.
잠시도 조용히 쉴
자리가 없는 내외內外의
생활 속에서
하루 종일 펄럭이는 문.
이런 것도 시詩가 되느냐,
따지지 말라.

인간의 소원은
작은 것일수록 간절하고,
아내의 체중體重은
십일관十一貫에서 삼백三百이 부족한
약질弱質이다.

나의 배후背後

나의 배후背後에는
아무도 없다.
구름이 갈라진 틈서리로
별이 널려 있는 밤하늘과
반폭半幅만
불이 환한
벽면壁面의 어두움.
나의 배후背後에는
아무것도 없다.
진실로 신앙信仰조차
등을 기댈 기둥이기보다
발등을 밝히는
희미한 불빛이다.
세상에는
누구나 등을 기댈
배후背後가 없다.
모두 자기 길에서
혼자일 뿐.
그러므로 모든 신원조사身元調査는
과오過誤이다.
나의 배후背後에는
아무것도 없다.
겨울 새벽에 다리를 건너

서울로 귀환歸還하는
헤드라이트의 서러운 불빛과
울리는 한강교漢江橋의
조름 겨운 수은등水銀燈과.

문門

펄럭하고 문이 열렸다.
하루 종일 나의 등 뒤에서
펄럭펄럭 문이 열리는 것은
불안不安한 일이었다.
라는 것은
찢어진 봉창문 같은 나의 생활生活이
펄럭거리기 때문이다.
펄럭하고 문이 열렸다.
또한 쾅하고 닫겼다.
라는 것은
자식들이 어리기 때문이다.
문을 열고 닫는 연습練習이
그들의 생활이기 때문이다.
그 소란스러운 성장成長
그 무질서한 설렘
언제나 열릴 수 있는 문을 연다는 것은
즐거운 일이었다.
하지만 모든 문이 언제나 열리는 것은 아니다.
펄럭하고 문이 열렸다.
펄럭하고 문이 열릴 수 있는 것은 부모의 애정을 뜻한다.
쾅하고 문이 닫겼다.
잠긴 문의 등이 마르는 침묵과 고독을
그들은 모르기 때문이다.

펄럭하고 문이 열렸다.
하루 종일 펄럭펄럭 문이 열리는 것은
불안不安한 일이었다.
하지만 그것은 축복일 수도 있다.
열리지 않는 문의 등이 마르는 고독과 절망을
나는 알고 있기 때문이다.

목탄화木炭畵

아이가
답안答案 쓰기에 실패한 연필로
오늘은
내가 시詩를 쓴다.
급제해 보았자,
반드시 아름다운 인생이
보장되는 것도 아닌,
아름다울 것도 없는 인생을
나는
시詩를 쓴다.
참으로
인생이 무엇임을
누가 알건데.
실패失敗할수록
더욱 풍부할 수도 있는 인생을
나의
시詩에는
눈물이 얼어 눈으로 변하고
어린 것은
눈물자국이 마른 얼굴로
잠들었다.
이런 밤에
그가 꾸는 꿈의 내용內容을

나는 모르지만
또한 알지만
나의 시詩는
허전하게 서럽고
연필은
눈 오는 소리로 사각거리며
벌판을 달린다.

       *

연필을 깎는다.
나와 같은 시인詩人은
한 편의 시詩를 빚기 위하여
그리고 어린 학생들은
하나의 수학 공식을 풀기 위하여
연필을 깎는다.
비록 그들과 나는
전혀 세계가 다르지만
날카롭게 연필 끝을 다듬는
이 감정의 통일
정신의 집중集中
비로소 나의 연필 끝에서
살아나는 생명의 선율.

그 창조의 긴장과 황홀
나는
한 편의 시詩를 빚는다.
그리고 어린 학생은
하나의 공식公式을 터득한다.
세상의 모든 것은
자기대로의 성의를 다하여
자기를 자라게 한다.
땅에 떨어진 한 알의 씨앗은
하늘에 닿는 그 소망으로
싹이 트고
전신적全身的 헌신獻身으로
줄기가 뻗고,
억제할 수 없는 열망이
꽃망울로 맺어
하늘 아래 개화開花한다.
연필을 깎는다.
지금 이 순간에 연필을 깎는
무수한 사람들.
나와 같은 시인詩人은
한 편의 시詩를 빚으려고
어린 학생은
하나의 공식公式을 풀려고

그리고 이 밤에
우리가 알지 못하는
또한 우리가 아는
무수한 사람들은
연필을 깎고 있다.
그들의 열중
그들이 도취
그것으로 세상은
한결 충만해진다.

무제無題

겨울의 식탁食卓에
오늘은
천연스러운
사과
한 알 두 알.
사四 · 오월五月의 더운
바람이 가고 핏줄은 가라앉고
피어 오르던
칠七 · 팔월八月의 구름은
무너지고, 차오르던 물이 내리고
가을의
긴 복도複道에 어지럽던
발자국 소리는 멎고
이브의
활달한 혀는 굳어지고
이
깊은
겨울의 식탁食卓에
오늘은 사과 한 알 두 알
천연스러운 열매
청결한 함묵緘默
싸락눈이 뿌리고
허허로운 가지마다

불을 끄는,
겨울의
식탁食卓에
간소한 대화로
내면內面을 데우고 마른 풀을
씹듯 생애를 회상하며
손에 드는
사과 한 알 두 알
천연스러운 열매.

만술萬述 아비의 축문祝文

아베요 아베요
내 눈이 티눈인 걸
아배도 알지러요.
등잔불도 없는 제삿상에
축문이 당한기요.
눌러 눌러
소금에 밥이나마 많이 묵고 가이소.
윤사월 보릿고개
아배도 알지러요.
간고등어 한 손이믄
아배 소원 풀어드리련만
저승길 배고플라요
소금에 밥이나마 많이 묵고 묵고 가이소.

*

여보게 만술萬述 아비
니 정성이 엄첩다.
이승 저승 다 다녀도
인정보다 귀한 것 있을락꼬,
망령亡靈도 응감應感하여, 되돌아가는 저승길에
니 정성 느껴느껴 세상에는 굵은 밤이슬이 온다.

178

바람 소리

늦게 돌아오는 아이를 근심하는 밤의 바람 소리.
댓잎 같은 어버이의 정情이 흐느낀다.
자식이 원술까.
그럴 리야.
못난 것이 못난 것이
늙을수록 잔정情만 불어서
못난 것이 못난 것이
어버이 구실을 하느라고
귀를 막고 돌아누울 수 없는 밤에
바람 소리를 듣는다.
적막寂寞한 귀여.

비유比喩의 물

물이 된다. 자기의 중량重量으로 물은 포복匍匐할 도리밖에 없다. 한 사람에게 오십여 년五十餘年은 긴 것이 아니라 무거운 것이다.

땅에 배를 붙이고 낮은 곳으로 기어가는 눈이 없다. 그것은 순리順理. 채우면 넘쳐 흐르고 차면 기우는 물의 진로進路. 눈이 없는 투명한 물의 머리는 온통 눈이다.

*

물은 땅으로 스며든다. 흐르는 땅으로 스며든다. 흐르는 동안에 잦아져 버리는 물줄기를 나는 알고 있다. 그 자연스러운 잠적潛跡은 배울 만하다. 하지만 이튿날 아침에는 꽃잎에 현신現身하는 이슬 방울.

나의 시詩.

나의 죽음.

하늘로 피어 오른다. 그 날개를 가진 현란한 비천飛天. 그것은 헷세의 시詩에서 은빛 빛나는 구름으로 인생人生의 무상無常을 현제現題하고 안개로 화化하여 서울 거리를 덮는다. 이 전신轉身과 윤회輪廻를 나는 알지만 또한 모르지만.

*

하지만 나도, 내가 노래할 시詩도 물이 된다. 오늘은 자기의 무게로 기어 가는 물이지만 내일은 어린 것의 눈썹에 맺히고 목마른 자의 가슴 속을 지나 당신의 처마에 굵은 가을 빗줄기로 걸리는 기나긴 역정歷程과 순회巡廻에 나는 순리順理와 전신轉身을 깨달을 뿐이다.

소곡小曲

영롱한 무지개로
육신肉身을 빚는
이슬.
이슬 같은 현신現身을.
물로써
말씀을 빚는
대궁이의 꽃송이
꽃송이 같은 시詩를.

달빛

달빛을 걸어가는 흰 고무신
오냐 오냐 옥색 고무신
임을 만나러 가지러?
아닙니다, 얘.
낭군을 마중 가나?
아닙니다, 얘.
돌개울을 디딤돌도
안골짜기로 기어 오르는
달밤이지러 얘.
아무렴,
그저 안 가봅니까, 얘.
오냐 오냐 흰 고무신,
달빛을 걸어가는 옥색 고무신.

*

합문闔門을 하고 나면
허연 마당.
도포자락에 묻어오는
달빛.
낼 아침은
서리가 오려나.
대추나무 가지 끝이

빛나는데
우리는 너무나
적막한 곳에 살았구나.
달빛에 드러난 앞산 이마를.
지방紙榜을 사르는 한밤의
소지燒紙.

도포道袍 한 자락

임자, 나는 도포자라기
펄렁펄렁 바람에 날려
하늘가로 떠도는.
누가 꿈인 줄 알았을락꼬.

임자는 포란 물감.
내 도포자라기의 포란 물감.
바람은 불고
정처 없이 떠도는 도포자라기.

우얄꼬. 물감은 바래지는데
우얄꼬. 도포자라기는 헐어지는데
바람은 불고
지향 없는 인연의 사람 세상.

임자, 나는 도포자라기
임자는 포란 물감.
아직도
펄럭거리는
저 도포자라기.
누가 꿈인 줄 알았을락꼬.

논두렁길

억울하고 원통한 일이야
필설筆舌로 다할 수 없었다.
태어나는 그날부터
가슴에 서리기 시작한 것
얼굴을 문지르며
논두렁길을 걷는다.
따지고 보면 밑도 끝도 없는
다만 가슴에 안개같이 서려
늘어나는 주름살을 쓰다듬으며
논두렁길을 걷는다.
아무리 헤아려도 아귀가 맞지 않는
그것을 인생이거니 체념한
씁쓸한 얼굴을 찌푸리고
논두렁길을 걷는다.
논두렁길은 꼬불꼬불 뻗어
마을과 마을을 이어 있다.
때로는 안개에 서려 보름달이 뜨면
실로 허전한 걸음으로
억울하고 원통할 것도 없는 얼굴들이
논두렁길을 걷는다.

장醬맛

어둑한 얼굴로
어른들은 일만 하고
시무룩한 얼굴로
어린 것들은 자라지만
종일 햇볕 바른 양지쪽에
장독대만 환했다.
진정 즐거울 것도 없는
구질구질한 살림
진정 고무신짝을 끌며
지루한 하루하루를 어린 것들은
보내지만
종일 장독대에는
햇볕만 환했다.
누구는 재미가 나서 사는 건가
누구는 낙樂을 바라고 사는 건가
살다 보니 사는 거지
그렁저렁 사는 거지.
그런 대로 해마다 장맛은
꿀보다 달다.
누가 알 건데,
그렁저렁 사는 대로 살 맛도 씀씀하고
그렁저렁 사는 대로 아이들도 쓸모있고
종일 햇볕 바른 장독대에
장맛은 꿀보다 달다.

무내마을 과수댁

세차고 영악한
호미 같은 무내마을 과수댁.
날이 잘 닦겨진
호미 같은 과수댁.
누가 뭐라카믄,
입심 좋음 씨부렁대라지.
시모님을 모시고,
모질게 사는 것도 하나의 사는 길.
처음부터 어긋난 팔자를
눈 딱 감고,
자갈밭에 호미 같은
무내마을 과수댁.

그저

초봄 해질 무렵
팔짱을 끼고
주막 툇마루에
입술이 퍼렇게 앉았는 것은
그저 앉았음.
기다릴 것도
안 기다릴 것도 없이
나무가지는
움을 마련하고
추위에 돌아앉은 산山
골짜기에 살아나는 봄빛
꼭지에 놀.
글썽거려지는 눈물은
그저 글썽거려짐.

무순無順

빈 컵

빈 것은
빈 것으로 정결한 컵.
세계는 고드름 막대기로
꽂혀 있는 겨울 아침에
세계는 마른 가지로
타오르는 겨울 아침에.
하지만 세상에서
빈 것이 있을 수 없다.
당신이
서늘한 체념으로
채우지 않으면
신앙의 샘물로 채운다.
그리고
오늘 아침에는
나의 창조의 손이
장미를 꽂는다.
로오즈 리스트에서
가장 매혹적인 죠세피느 불르느스를.
투명한 유리컵의
중심에.

양극兩極

오일 스토오브 앞에
의자를 당겨놓고
지난 겨울을 보냈다.
불꽃을 지켜보며……
밤이 되어도
등불을 켜지 않았다.
타오르는 생명의 소란스러움도
신성神性의 신비의 베일도
물러갔다.
다만 불꽃의 중심을 지켜보는
나의 얼굴에
빛과 어둠의 흐늘흐늘한
불꽃무늬가 얼룩졌다.
때로는 신神의 그것과 같은
때로는 악마惡魔의 그것과 같은
나의 얼굴의
양극陽極의 진실은
우리의 것이다.
극極의 정적은 서로 통하고
커어튼 밖에는
따 끝까지 눈이 뿌렸다.

복도 끝에서

호텔의 오전은
호밀밭처럼 조용했다.
간간이 문이 닫히고
또한 열리는 소리가 들렸다.
먼 복도 끝에서.
나의
노우트의 흰 스페이스는
눈부시게 정결했다.
그
중심부에서
쩔렁쩔렁 울리는
지팡이 소리가 들렸다.
순은의 고리를 단,
세례 요한의, 사도 바울의.
성에가 녹아내리는
유리창 밖으로 세상은
고기비늘처럼 찬란했다.
눈에 덮힌 기왓골에서
만세를 부르는
묵시록의 아침 햇빛.

조가弔歌

루이 암스트롱이며
암스트롱의 트럼펫이며
영원히 돌아오지 않는
실종된 조종사며
그것을 노래한 유치환柳致環이며
산 자는 모두
북으로 가고
아니 죽은 자는
모두 북으로 가고
우리들의 지남침指南針이 가리키는
자시子時의 북극성北極星
동양적東洋的 표현을 빌면
인생은 무상하고
나일강江처럼 심각한
암스트롱의 얼굴도
하나의 가랑잎이다
이미 저버린,
준엄한 뜰에서
울려오는 심야深夜의 트럼펫 소리
새로운 아침을 위하여
실로 새로운 아침을 위하여
실종된 조종사는
영원히 돌아오고 있다.

회전廻轉

자갈돌은 제자리에서
얼어붙고, 지구地球는
돌면서 밤이 된다.
검은 말을 몰고
달리는 것은 바람.
흰 말을 몰고
달리는 것은 하늘의 말몰잇군.
그
방향方向에서
마른 번개는 치고
푸른 서치라이트에
떠오르는 것은 북극곰
끓어오르는 바다의
빙산氷山 위에서. 꺼져가는 것은
울부짖는 북극곰.
지구地球는 돌면서 밤이 되고
가볍게 뿌려진 것은
하늘의 은모래……
큰곰자리의 성운星雲.
자갈돌은 제자리에서
얼어붙고, 지구地球는
돌면서 밤이 된다.

눈썹 · A

불안하고 겁에 질린
짐승들의 검은 눈은
우리의 것이다.
타오르는 불길에 깃드는
검은 그늘을
우리는
무직한 눈썹으로
태연하게 눌리고 있을 뿐이다.
짐승들의
태고의 밤보다 어둡고
불안스러운 검은 눈은
우리의 것이다.
눈썹이 없는 짐승들은
겁에 질린 검은 눈을
두리번거리며
방황할 뿐이다.
그들은
무리를 지어,
발자국을 죽이고
숲 그늘로 헤매이지만
우리들은
눈썹 위에 손을 얹고

기우는 햇살의
시각을 가늠해 본다.

눈썹 · B

흰 말의 무리가 달려와서는 앞무릎이 팍팍 꿇어지며 순간마다 침몰해
갔다. 해면海面에.

억의 억만 필의 흰 말은 천지를 휘몰아 올리는 회오리바람 기둥으로 뻗
치며 휘휘 돌며 달리며 몰아치며 침몰해 갔다.

해면海面은 설레지 않았다. 그처럼 장엄한 비극과 좌절을 침착하게 받
아들이고 있었다. 그 냉엄한 평온은 심야深夜의 절규보다 전율적인 것이
었다.

나는 눈썹에 두텁게 쌓이는 눈의 무게를 느끼며, 흐느끼며, 창마다 불이
환하게 켜진 채 침몰해 가는 에리자베드 퀸 같은 호화 여객선의 화려한 종
말을 생각하고 있었다.

물론 눈은 며칠 안으로 멎었다. 그러나 내 눈썹에 쌓인 눈은 영원히 녹
지 않았다. 해저海底에는 가라앉은 선체船體의 잔해殘骸들이 널렸고, 닫힌
문은 닫힌 대로 녹이 슬었다. 지금도 흰 말의 무리가 침몰한 해면海面의 그
냉엄한 평온의 절규絶叫는 마른 번개가 되어 따끝을 울리고 있었다.

얼굴

어제는
눈시울을 적시며
마리린 몬로의 생애生涯를
텔레비전에서 보았다.
허용되지 않는
그녀의
인간적人間的인 몸부림.
죽음의 밤의 불빛 새는 방문 밑으로
기어간 배암.
절단된 세계의
꿈틀거리는 전화電話 코오드
는 늘어지고,
절벽絕壁에서 추락하는
한 여인의
산발散髮과 절규絕叫는 굳어진 채
오늘은
지구地球의 이편
한국韓國의 담벼락에 나붙은
인쇄印刷된 웃는 얼굴.
찢어져 있었다.

순색영원純色永遠

구두끈이 풀린다.
귀가 쩡 울리는 시월상달에.
잡문 같은 행간行間에서
구두끈이 풀린다.
잡문 같을 수 없는
삶의 물길이
철철 샘물 솟는
하늘 아래서
어느 것은
구름이 되고
어느 것은
돌이 되는데
어떻게 살아도 충만할 수 없는
시월 상달의 순색영원純色永遠 속에서
구두끈이 풀린다.
어느 것은
비석碑石이 된다
돌 중에서.
어느 것은
돌이 된다.
비석碑石 중에서.

발자국

눈으로 덮힌 전방前方의 저녁은
포도빛으로 저문다.

휴전선休戰線 안에서는
콧잔등이 얼어붙은 여우들이
헤맨다.

나무 사이로 누벼
돌개울 상류上流로 사라졌다.
가시덤불에 깃든 까투리가
놀라 날아오른다.

날이 밝으면
퍼렇게 살아나는 발자국……

수색망搜索網을 좁혀가는
그물 안에서

비명을 삼키며 명감 열매가
핏방울같이 눈 속에서 얼굴을 내민다.

왼손

시詩를 빚는, 새로운 질서와
창조의 세례 옆에
숙연한 나의 왼손.
그것은
결코 연필을 잡는 일이 없다.
연필의 연한 감촉과
마찰에서 빚어지는 언어言語의
그물코를 뜨지 않는다.
하물며 상상의 그물에 걸려든
황금의 고기를 잡지 않는다.
그것과는 대조적對照的 극극極에서
나의 왼손은
존재存在의 숙연한 진실을 증명한다.
다섯 손가락은
하나하나 엄연한 사실이
진실을 웅변하는
입술을 다물고,
상상의 그물 사이로 열리는
새로운 여명을 응시한다.
다만 그것은
현실의 바다에서 낚아올리는
피둥피둥 살아 있는 고기를
황급하게 잡을 뿐이다.

그리고 지금
시詩를 빚는 창조의 세계 옆에서
현실의 준엄성과
존재存在의 확실성을 증명한다.
그 왼손에 서렸는
거창한 침묵과 정적.
사람들은 누구나
오른손을 내밀고 악수를 청하는
그 왼편에 있는
숙연한 존재를 깨닫지 못한다.

산철쭉

사정거리射程距離 안에서
산철쭉이 핀다.

미소가 굳어진 봉오리가
불안 속에 밀집하여
고개를 남으로 돌린다.

그
갸륵한 향일성向日性에
나의 가슴이 더워온다.

사각死角이 없는
자연 속에서

이편 비알*에는 늙은 소나무
줄기에 박힌 파편破片이
옹이로 아물었다.

그 고된 시련은
나와 나의 형제의 것이다.

_____

*비탈, 벼랑.

노상路上

마주 보고 인사를 한다.
노상路上에서 우연히 만나
돌아서면 서로 적요한 목덜미
우주宇宙의 반이 반전反轉하고
길을 건너면 방향이 달라진다.
저편으로 그는 가고
이편으로 나는 가고
동서로 하늘 끝이 아득한데
문득 그가 돌아본다.
하나의 우주宇宙가 반전反轉하고
적요한 목덜미가 향向을 바꾸며
오냐, 정情이 갸륵하구나.

소묘素描

비닐우산을 받쳐 들고
사람들은
일자리로 나가고 있었다.
생활을 근심하며
인사를 하며.
우산 속
모든 얼굴은 젖어 있었다.
그들의 눈에
우산이 보일까.
보이지 않는
호젓한 심령의 둘레.
이슬비가 내리고 있었다.
그들이 사는 동안
끊임없이 내리게 될
이슬비.
사람들은
보이지 않는 비닐우산을
하나씩 받쳐 들고
지하로地下路로 향하고 있다.
세종로世宗路에서.
지상地上에서.

입동立冬

그물을 말리고 있었다.
그물코 사이로
투덜거리는 바다의
퍼런 입술……
그 마을의 입동立冬.
사람들은 어디로 갔을까.
골목 모퉁이로 바람은
쏜살같이 달리고
나의 여행은 적막했다.
선지빛으로 물드는 저녁놀과
마른 생선비늘 하나
눈여겨보고
있다.

강江 건너 돌
―돌의 시詩 3

장갑을 벗으며
강 건너 돌을 생각한다.
해질 무렵에 돌아와
눅눅한 장갑을 벗으며
왜랄 것도 없이
강 건너
저편 기슭의
돌을 생각한다.
지천명知天命의
해질 무렵에 집으로 돌아와
눅눅한 그것을
벗으며
왜랄 것도 없이
춥고 어두운 강 건너
황량한 들판에 내팽개쳐진
한 덩이 돌을
생각한다.

      *

장갑을 벗고 나면
나의 손이 너무나
희어서 두렵다.

때가 절이지 않는
깨끗한 손
거짓말같이 말끔하다.
그 손에
그물로 던져진 별자리 아래
내팽개쳐진
강 건너
한 덩이 돌.

어제의 바람

어제의 바람과
오늘의 돌.
간밤 꿈에 나의 수레를 몬
구리빛 윤나는 말과
오늘의
갈기가 바스러지는 구름의 말.

서방西方에서

모래가 뿌려졌다.
펴고 접는 우주의 부채
그늘에서
은하계銀河系의 물거품
은빛 실오라기는
무수히 바람에 날리고
새들의
뼈와 울음소리가
날카롭게
서방西方에서 흩어졌다.
나의 발자국은
돌아보는 그것으로
멀어져가고
서방西方에서
모래가 뿌려졌다.

자수정紫水晶 환상幻想
─돌의 시詩 4

돌 안에 바다가 있다.
라고 말하지 않는다.
혹은
자줏빛 치맛자락이
나부낀다.
라고 말하지 않는다.
눈을 감은 것은 감고
뜬 자는 뜨고 있다.
돌 안에 구름이 핀다.
라고 말하지 않는다.
혹은
원시原始의 불길이 타고 있다.
라고 말하지 않는다.
치렁치렁한
성좌星座 아래서
따끝으로 사라져가는 새떼
해면海面에 흩어지는 울음소리
눈을 감는 자는 감고
뜨는 자는 뜨면
돌조차 투명해지는
돌 안에 바다가 넘실거린다.
라고 말하지 않는다.

원시原始의 불길이
활활 타오른다.
라고 말하지 않는다.
사운거리는 자주빛 치맛자락이
영원에서 살아난다.

지팡이

Ⅰ

비탈길을 올라갔다.
별자리가 자리를 캐고 있는
새벽에.
지팡이가 뒤따라오며 투덜거렸다.
새삼스럽게 무슨 푸념일까.
고개마루에 오르면
별자리가 자리를 캐고 있는
당인리唐人里 근처近處의
밤하늘처럼 깊은 물빛.
내려올 때는 저편 골목으로
돌아왔다.
내려오는 길에는
지팡이가 투덜거렸다.
뒤따라오면서 혼자.

Ⅱ

발을 멈춘다.
낯선 집 문앞에서
김아무개라는 문패의
이름이 알썽한 것 같아서,

발을 멈춘다.
이아무개라는 이름이
알씽한 것 같아서.
발을 멈춘다.
어제 아침에 뛰쳐나온
눈이 뚜리뚜리한 그놈이
오늘 아침에도
뛰쳐나올 것만 같아서,
숨을 죽이고 지팡이도
지켜보고 있다.

간밤의 페가사스

가을비에
비석碑石. 젖는
돌의 묵묵한 그것은
우리들 본연의 모습이다.
제 자신의
내면內面으로 침잠하여
안으로 물드는 단풍.
인간人間의 심성心性은
섬유질이다.
가늘게 올이 뻗쳐
죽음을 자각하는 자만이
참된 삶을 깨닫는다.
아침에 일어나
자신의 잠자리를 살피고
순간마다
새롭게 창조되는
빛을 본다.
어둠 속에서 살아나는
아름다운 세계여.
숨을 죽이고
오늘은 연보라빛 국화송이
그리고
숟가락에 어리는

간밤의 페가사스
찬란한 성좌星座.

비둘기를 앞세운……

나의 앞을 걸어가는
비둘기를 보았다.
새벽 산책길에서
오늘이
오월 초하루라는 것을
비둘기도 아는 듯이
흰 꼬리를 혹은 검은 꼬리를 간들거리며
앞을 걸어가는
분홍빛 귀여운 발.
그가
나의 길잡이라도 되는 듯이
아기작거리며
끝내 동행이라도 할 듯이
나의 앞을 걸어가는
불안한 평화여.
인도지나印度支那의
포성이 울리는
칠십七〇 년대의 초반기의
새벽 산책길에
흰 비둘기를 앞세운
나의 오월.

노대露臺에서

발코니에서 건너다 보는 숲에
밤의 나무는 적막하다.
밑둥까지 볼 수 있는 알몸의
밤의 나무는 고독하다.

밤일수록 떠 보이는
나무와 나무 사이의 간격.
앙상한 팔과 마른 손가락으로
허공을 휘젓는 나무.

죽음보다 깊이 잠든 수녀원의
눈도 내리지 않는, 냉랭한 자정子正에
밑둥까지 드러낸 알몸은 차갑다.
나무와 나무 사이의 간격은 두렵다.

회수回首

나의
손가락 사이로
모든 것은 부드럽게
흘러내렸다.
어린 날의
모래톱이며,
냇물이며, 앓는 밤의
출렁거리는 검은 물결이며.
첫사랑이며,
쫓다가 놓쳐버린 사슴.
그것은
나의 손가락 사이로
부드럽게 흘러내렸다.
하지만 그 흔적으로
달이 있다.
달빛에 비쳐보는 빈 손.
그리고
산마루에서 발을 멈추고
뒤돌아보는
사슴이 있다.
좀생이별* 아래서

고개를 돌리고
영원히.

---

*묘성昴星. 이십팔수의 열여덟째 별자리의 별. 황소자리의 플레이아데스 성단에서 가장 밝은 6~7개의 별로, 주성主星은 황소자리의 이타성이다. 중국 구요성九曜星의 하나로, 청룡을 타고 손으로 해와 달을 떠받들고 있는 분노하는 신상神象의 모습이다.

봄

걸음을 멈추고 바람 속에서 시계소리를 듣는다.

세컨드 세컨드 귀에 울리는, 시청市廳 지붕이 부옇게 바람에 불리운다.

인사한 저 사람이 누구더라. 아지랭이가 피어오르는, 의문疑問 그것조차 흔들리는 바람 속에서

세컨드 세컨드 게으른 슬리퍼를 끄며, 분홍빛 자실상태自失狀態 속에 어리석어지는 생명의 한때를

오냐, 오냐, 종잡을 수 없는 대답을 바람 속에서 시계소리를 듣는다.

수국색水菊色

그것이 나를
당황하게 한다.
거울 같은 오월의
사금砂金으로 빛나는 햇빛.
거울 같은 오월의
수국색水菊色 시간時間 속에서
수염을 깎는다.
무심하게 자라난 것을
깨끗하게 밀어버리면
거울 속에
멀끔한 얼굴.
그것이 나를
당황하게 한다.

마른 빵 부스러기

눈 위에 눈이 온다.
실로 가벼운 것들이
빛나는 것들이
뒤안 응달이나
담장 위에 오고 있다.
조용히 손을 펴서
받으라고 속삭이며 온다.
이것으로
올 겨울의 눈도 마지막일 것이다.
구름 아래서는
이런 것으로 위안을 얻거나
이런 기회에
화해和解하지 않으면
다른 도리가 없을 것이다.
나는
마른 보리빵 부스러기를 씹으며
구름 아래서의
위안과 화해和解를
생각해본다.

크고 부드러운 손

가을의 기도

주여
오늘은
거두어 들이기에 바쁜
가을입니다.
우리들에게 베풀어주심이
이처럼
엄청납니다.
이제 온
세상은 추위와 얼음과 눈으로
덮이고
눈보라가 길을 가다 막아도
우리들에게는
따뜻한 거처와
솜옷과 더운 물이
주어지고
불의 요정들이
훈훈한 공기도 감싸주고 있습니다.
우리들에게 베풀어주심이
이처럼
엄청납니다.
주여
이 크신 은총과
자비로움을

깨닫게 하여 주옵소서
그리하여
아침의 기도와
한밤의 묵상으로
사랑의 물길을 자아올리게 하시고
위으로 주신 것을
위으로 돌리며
이웃을 위하여 나눠가짐으로
베풀어주신 분에게
영광 돌리게 하옵소서.
또한
주여
얼음과 눈보라 속에도
꺼질 줄 모르는
믿음의 불길을 활활 피워 올려
생명의 촛대마다
불을 밝히고
심령의 종소리가
크리스마스 새벽을 알리게 하시고
하늘나라의
말씀을 전할 수 있는 혀와
당신을 숨쉴 수 있는 코와
슬기로운 눈을 베풀어주시고

드디어
주께서 거두어 들이시는
광우리에
알찬 열매로 담기게 하옵소서
할렐루야

크고 부드러운 손

크고도 부드러운 손이
내게로 뻗쳐온다.
다섯 손가락을
활짝 펴고
그득한 바다가
내게로 밀려온다.
인생의 종말이
이처럼 충만한 것임을
나는 미처 몰랐다.
허무의 저편에서
살아나는 팔.
치렁치렁한
성좌星座가 빛난다.
멀끔한
목 언저리쯤
가슴 언저리쯤
손가락 마디마디마다
그것은 비취翡翠
그것은
눈짓의 신호信號
그것은 부활의 조짐
하얗게 삭은
뼈들이 살아나서

바람과 빛 속에서
풀잎처럼 수런거린다.
다섯 손가락마다
하얗게 떼를 지어서
맴도는 새.
날개와 울음.
치렁치렁한 성좌星座의
둘레 안에서.

자리에 들고

나는
믿는 자가 되기를 열망한다.
순간순간마다
믿음을 증명할 수 있는
전적인 생활을 갈망한다.
일 속에 갇혀 있는 생명이
부화되기를 갈망하듯
나의 안에서
새로운 눈동자가 마련되고
날개가 돋아나
열린 세계 안에서 거듭나기를 갈망한다.
교수로서
시인으로서
미지근하게 더운
자리를 걷어 들고,
세속적인
권위와 명성과
타성으로 얽힌 자리를 걷어 들고
걸어갈 수 있는,
신자가 되기를
열망한다.
자리를 들고 걸어 가라.
말씀하심으로

걸을 수 있는
그 절대의 능력을
전신으로 받아들일 수 있는
내가 되기를 열망한다.

오른편

궁핍하고 어려울 때마다
오른편을 살펴본다.
주께서 일러주신
말씀의 방향을.
괴롭고 답답할 때마다
오른편을 살펴본다.
주께서 일러주신
믿음의 방향을
진실로
믿는 자에게는
오른편이 있다.
신앙의 그물만 던지면
미어지게 고기를 잡을 수 있다.
설사 그것이
비린내가 풍기는
현실의 고기가 아닐지라도
굶주린 영을
충만하게 채울 수 있는
비늘이 싱싱하게 빛나는
말씀의 생선.
오른편에
그물을 던지는 자만이
믿음과 신뢰의

그물을 던지는 자만이
말씀 안에
그물을 던지는 자만이
위로와 축복으로 가득한
때로는 베드로처럼
펄펄 살아 있는 고기를
그물이 미어지게
건져 올릴 수 있다.

감람나무
—시편 128편

어린 감람나무여.
주께서
몸소 거닐으신
갈릴리
축복받은 땅에
주의
발자국이 살아 있는
바닷가로
안수를 받으려고
고개를 숙인 나무여
세상에는
감람나무보다
더 많은 어린이들이
자라고 있지만
그들의
뒤통수에
머물러 있는
주의
크고 따뜻한 손.
세상의
모든 수목은
하나님의 뜻으로
자라나지만

어린 감람나무여
어린 감람나무여
주의 말씀으로 태어난
순결한 핏줄로
지금
환하게 웃는
어린이들 입에 물리는
오월의
금빛 열매여!

평온한 날의 기도

아무런 근심도 걱정도 없이
평온한 날은
평온한 마음으로
주님을 생각하게 하십시오.
양지 바른 창가에 앉아
인간도 한 포기의
화초로 화하는
이 구김살 없이 행복한 시간
주여
이런 시간 속에서도
당신은 함께 계시고
그 자애로우심과 미소지으심으로
우리를 충만하게 해 주시는
그
은총을 깨닫게 하여 주십시오.
그리하여
평온한 날은 평온한 마음으로
당신의 이름을 부르게 하시고
강물 같이 충만한 마음으로
주님을 생각하게 하십시오.
순탄하게 시간을 노젓는
오늘의 평온 속에서
주여

고르게 흐르는 물길을 따라
당신의 나라로 향하게 하십시오.
삼三월의 그 화창한 날씨 같은 마음 속에도
맑고 푸른 신앙의 수심水深이 내리게 하시고,
온 천지의 가지란 가지마다
온 들의 푸성귀마다
움이 트고 싹이 돋아나듯
믿음의 새 움이 돋아나게 하여 주십시오.

바위 안에서

나의 뜰에는
늦가을의 그늘이 내리고
가랑잎이 지고 있다.
이제
모든 겉치레를 벗고
저 안으로
뿌리를 내릴 때다.
참음으로
고독을
별나라까지 이르게 하여
고독 안에서
맑고 투명한 영혼의
눈동자를 얻어야 할 때다.
참음으로
고독을
무한으로 넓혀
고독 안에서 마련되는
새로운 질서의
밤과
별자리와
한밤중에서도 환하게 빛나는
빛을 얻어야 할 때다.
세속적인 그것을 위하여

열려 있는 귀를 막고
입을 봉하고
눈을 감고
인내와 고독의
바위 안에서
절대로 그분을 위하여
그분의 말씀에 따라
나의 거처가
마련되어야 할 때다.
지금
나의 뜰에는
가랑잎이 지고 있다.
잎이 지는 그 방향에서
내게로 다가오는
발자국 소리가 들려온다.

희고 눈부신 천 한 자락이

―사도행전 십十장 십十절

희고도 눈부신
천 한 자락을 하늘나라에서
내게로 드리워주셨다.
물론 비몽사몽 간에
그것이
무엇을 뜻하는 것일까
그것을 통하여
무엇을 보여주시는 것일까
물론 미련한 우리들이
어찌 다 헤아릴 수 있으랴?
희고도 눈부시는 천자락이
눈앞에 펄럭일 뿐
그러한
희고 눈부시는
천자락이
북소리처럼
가슴에 울리는 음성으로
변했다.
꽹과리처럼
자즈러지게 울리는
음성으로 변했다.
하늘이 내게 베푸시는 은총
주의 사람임을 증거하는

표적을 보자.
나는 그 자리에서 타올라
재가 되었다.
할렐루야
주의 사람임을 증거하는
그 숨막히는 눈부심
천 한 자락을 하늘에서
내게로 내려 보내주셨다.
잠을 깨자
나는 주의 사람
새로 빚은
포도주 같은 피가 돌고 있었다.
할렐루야
나는 꿈속에서 새 사람이 되었다.

포인세티어

세상은 춥다.
얼어붙은 돌멩이의
차가운 유성流星 위에서
우리들의 사랑으로
데우는 심장
촛불을 켜고
오늘 밤의
베들레헴의 별과
기도소리와
참으로 구원이
어디서 오랴.

얼어붙은 돌멩이의
차가운 유성流星 위에서
우리들의 사랑으로
불을 밝히고
보혈寶血로 물들인
포인세티어의
붉은 잎새
오늘 밤의
베들레헴의 별과
산상복동山上福童과.

불이 켜진 창마다

밤늦도록
불이 켜져 있는
창窓을 생각한다.
불빛 앞에서
수학을 풀고 외국어를 익히고 위대한 인류人類의 흥망과 업적을 공부하는
젊은 날의
흰 이마와
검은 눈동자를 생각한다.
인생이 무엇인지도 모르면서
내일에의 확신과 신뢰로
오늘을 가꾸는
진리의 꽃나무.
비약에의 푸른 날개.
밤 깊도록 짜고 있는
꿈의 자리.
참으로 인생이 무엇인지도 모르면서
내일을 위하여
오늘의 성의를 다하는
심야의 집중
씨앗의 의지.
물론 내일은 오게 된다.
신뢰와 확신과 인내의
가지마다

만발하게 꽃피는
꽃나무의 축복.
더욱 참되게 아름답게 살려는
의욕의 지평선 위로
찬란하게 동트는
장미와 순금의 새벽.
미래의
신비스러운 베일을 벗고
면사포로 앞을 가린
소망의 신부.
정오正午의 하늘을 나는
희고 든든한 이상의 날개.
진실로
인생이 무엇인지도 모르면서
밤 깊도록
불을 켜놓고
수학을 풀고 외국어를 익히고 역사를 공부한
그
넉넉한 문맥文脈 속에서
우리의 인생은
눈물어린 눈동자에
미소를 머금고 다가온다.
그날을 위한

오늘의 발돋움
오늘의 열중熱中.
밤늦도록 불이 켜져 있는 창마다
신神의 축복이
서려 있다.

소금이 빛나는 아침에

오늘의 화면畵面

볼을 찬다.
바보상자의 오늘의
화면에는
한주일 내내
뻥뻥 차올리는 볼.
나는
잡지 일로 계속 바쁘다.
붉은 색연필로 황칠을 하는
오늘의 화면 속에서
허망한 열중熱中.
누구를 위한 것도 아닌,
무엇을 위한 것도 아닌
소란과 분망의
가열된
관철동貫鐵洞 길에서
어제는
짜랑짜랑 울리는
금화金貨를 잃어버리고
오늘은
면도날에 녹이 슨다.
자라는 것은 머리카락
무덤 안에서
오늘의 화면 속에서
바람이 분다.

가랑잎

브람스며
브람스의 트럼펫 소리를
생각한다.
나일강江처럼 어둡고 심각한
그의 표정을 생각한다.
그는
동양적인 표현을 빌면
북망산으로 간다.
살아 있는 자는 모두 가게 되는
정확하게 말하면
죽은 자는 모두 가게 되는
준엄한 북北.

목숨의 지남침은
북北으로 기울어져 가고
오늘밤은 가랑잎이 진다.
동양적인 표현을 빌면
인생은 무상하고
나일강江처럼 심각한
브람스의 생애도
하나의 가랑잎이었다.
오리온 성좌가 기우는 방향으로
소내기처럼

운석은 쏟아지고
준엄한 북北에서
브람스의 트럼펫이 울린다.
이 밤에 지는 가랑잎을 위하여
내일 열리는 새로운 아침을 위하여.

굴비

굴비를 건석어乾石魚라 한다.
마른 갯가의 돌 같은 굴비
소금에 말린 것이
굴비뿐이랴마는
살림에 쪼들린
한국의 어머니 할머니
하얗게 소금이 피는
짜디짠 살림살이에 굴비

실로
마음 놓고 푸짐하게
상 한번 차려본 일이 없는
마른 개울 같은
생활 속에서
소금을 쳐
그늘에 말리는 굴비
절약의 상징
손님이 오신 날에
겨우 굽히고
제사상에나
통째로 오르는
소금과
가난의 상징 굴비

굴비는 생선이라기보다
모질디 모진 의지의 화신
알뜰하고 규모있는 생활의
유렴성 있는
대롱대롱 달려서
오늘은
우리 어머니가 굴비로 화한다.
우리 할머니가 굴비로 화한다.
눈물겹도록 고마운
교훈적인 건석어
우리 가정에
소중한 굴비

미나리 냄새

보수동寶水洞 네거리
내려서면 대청동大廳洞
올르면 대신동大新洞
그 어느 동洞에도
약간의 용건이 마음을 끄는데
귀가 새빨갛게
어느,
2월 이른 아침
찬바람 끝에 가늘게 묻린
아아 그 내음
아니 해초海草 내음
아니 미나리 냄새
향긋한 풀냄새

병상음病床吟

해동解冬 무렵 2월二月 하루를 엷은 신열身熱, 자리를 펴고 누웠다.

플라타너스의 앙상한 열매, 진종일 가지가 흔들린다.

진종일 흔들리는, 저 오묘한 율감律感이 비로소 핏줄 속에 느껴진다.

아아 흔들리는 것은 흔들리게 두라. 산다는 것의 이 절실한 사실을.

해동解冬 무렵 2월 하루를 일모日暮는 푸근한 장막을 내리고 저무는 하늘에 플라타너스의 앙상한 열매, 가지가 흔들린다.

나의 종말

전신全身으로
바람에 파닥거리는
나무
나는 그런 마음으로
눈을 감을 것을
생각한다.
죽음은
어두운 것이 아니다.
온몸으로 받아들이는
신神의
입맞춤
영원이 무엇임을
누가 알랴.
어느날
적셔줌으로 깨닫게 되는
밤바다의 넉넉한
포옹
심오한 수평水平
온몸으로
바람에 파닥거리는
나무
나는 그런 마음으로
눈을 감을 것을

생각한다.
그
충만한
나의 종말을 생각한다.

어느 날 오전午前

어느 날 오전
나는
모래를 밟으며
해안선海岸線을 걷는다.
쾌청한
어느 여름날 오전
홀연히
바다의 푸른 띠가
나의 허리를 감기고
맨발에 밟히는
삭막한 나의 종반終半
해안선을
걸어가는 나의 발자국을
파도가 쓰담아 지워주는
나의 발에 밟히는
그것은 차라리 처절했다.
발자국마저
남지 않는
오늘의 나의 방황
흰 이마를
바람에 씻기우며
결국 모래알로 돌아가서
맨발에 밟히는

이 감촉.
결국 발자국도 남지 않는
나의 등 뒤에
또 하나의 발자국 소리를 듣는다.
모래를 밟는…….

소금이 빛나는 새날 아침에

금고의
다이얼이 돌아가는
금속성의 경쾌한 소리를
생각한다.
소금이 빛나는
73년 첫날 아침에
열려지는 것의 밝은 예감.
혹은
에스컬레이터를
생각한다.
발밑이 뜨는 상승감上昇感.
참으로
누구에게나
열쇠는 쥐어지고
누구나
문을 열 수 있다.
미나리 내 풍기는
새봄의 햇살 속에서
정결한 손바닥에 빛나는
순금의 열쇠.
올해야말로
닫혔던 모든 문을 열자.
올해야말로

묵혔던 모든 소망을 이룩하자.
사랑으로 통하는
좁은 문을 열자.
밝은 생활로 통하는
빛의 문을 열자.
통일로 통하는
녹슨 철문을 열자.
소금이 빛나는
73년 새날 아침에
묵중한 금고의
다이얼이 돌아가는
차가운 금속성의
경쾌한 소리를 생각한다.
혹은
발밑이 붕 뜨는
에스컬레이터를
생각한다.
참으로
누구에게나
기회는 베풀어지고
누구나
오를 수 있다.
열쇠를 열쇠로서

깨닫는 자의 손에만
열쇠는 쥐어지고
깨닫는 자의 손에만
열쇠는 쥐어지고
성의를 다하는 자에게만
문이 열린다,
그런 자에게만
에스컬레이터는 올라가고
생애에
가장 빛나는
해를 맞게 된다.
지금은
온 겨레가
새로운 다짐으로 출발을 하는
지금은
온 겨레가
열기를 다짐하는
73년 새날 아침에
모든 금고의
다이얼은 돌아가고
에스컬레이터는 오르고 있다.
생애에
가장 빛나는 해가

이마를 밝히고
우리 손에는
순금의 열쇠가 쥐어졌다.

산문

나와 《청록집靑鹿集》 시절

1

경북慶北 경주군慶州郡 서면西面 건천리乾川里. 이것이 《문장文章》지에 처음으로 추천을 받던 시절의 나의 주소이다. 물론 30여 년의 세월이 흐른 지금에는 경주군慶州郡이 월성군月城郡으로 명칭이 바뀌게 되었다. 고향인 건천리乾川里에서 12킬로미터 떨어진 경주읍(현재는 경주시慶州市)에 아침 저녁 자전거로 통근하고 있었다. 나의 근무처는 어느 금융기관. 중학을 졸업하고 서기로서 근무하고 있었던 것이다.

> 신문은 언제나 호기심을 자극한다. 그런데 다 읽고 나면 그 호기심이 시원스레 만족되지 않는 실망감을 안게 된다.
>
> ─C. 램

1937년 9월 어느 날, 건천리에 있는 회나무거리 다리 난간에 걸터앉아 옆 사람이 《동아일보》를 읽고 있는 신문 광고란에 《문장》지의 그달치 목차가 실려 있었다. 나는 목차에서 '박목월朴木月'이라는 이름을 발견하게 된 것이다. 얼핏 그것이 나의 필명이라는 실감이 들지 않았다. 그해 6월에 투고投稿한 작품이 추천을 받아, 잡지에 실리게 되는 것을 까맣게 모르고 있었기 때문이다. 며칠 후 잡지와 원고료가 부쳐져 왔다. 고료는 5원. 쌀한 가마 값이 넘는 액수였다. 잡지와 고료를 받았지만 함께 기뻐할 친구한 사람 없었다.

활자화된 첫 작품
생각처럼 그리움처럼
길은 실낱같다……

이와 같은 시구가 들어 있는 〈길처럼〉이라는 첫 작품이 활자화된 찬란한 지면을 나는 몇 번이고 혼자 읽곤 하였다. 그리고는 그 밝음 속에서 처음으로 세상에 소개된 박목월이라는 이름을 신기한 듯 바라보며 나 자신이 그것을 눈에 익히고 있었다.

그날 고료를 현금으로 바꾸어 사무가 필한 후 김 서기와 함께 남문거리로 나와 술을 마셨다. 그러나 그에게 추천된 사실을 알리지 않았다. 알려 보았자 별 수 없기 때문이다. 남문거리는 동리東里의 중형 되는 강석江石 선생이 조그만 가게를 보고 있는 곳이다. 수양버들이 우거진 개울가를 따라 몇 채의 색줏집이 있었다. 다방도 처녀들도 없는 경주(처녀들은 담장 안에 다 숨어버리고 말 한마디 건넬 아가씨라곤 씨도 없었다) 색줏집에서 막걸리나 소주를 퍼마실 도리밖에 없었다.

물론 당시에 나는 지훈(趙芝薰)이나 두진(朴斗鎭)의 이름조차 몰랐다. 추천 받은 차례를 따지면 그들이 나보다 먼저이지만 나의 작품이 실린 잡지를 받아보고 나는 《문장》지를 처음으로 대하였기 때문이다.

나의 문학청년 시절은 참으로 고독했다. 경주에서 문학에 뜻을 둔 친구는 김동리, 이기현李起炫 등이 있긴 있었다. 1935년 5월. 내가 취직하여 고향인 경주로 부임하였을 때 맨 먼저 찾아간 선배가 동리이다.

그는 중형 가게에 오똑하니 앉았다가 나를 보자 소주를 몇 잔 권하고는 미추왕릉味鄒王陵으로 데리고 갔다. 그 잔디밭에서 문학에 대한 이야기를 들려주었다. 그는 이미 〈화랑花郎의 후예後裔〉라는 소설이 신춘문예에 당선된 신진 소설가였다. 이듬해 그는 《동아일보》에 〈산화山火〉가 재당선되고 〈무녀도巫女圖〉〈바위〉 등을 발표하자 다솔사로 떠나버리고 경주로 돌아오지 않았다.

　　고독은 지혜의 최선의 유모다.

—슈틴넬

　　이기현은 《조광朝光》지에 〈태쏠〉가 당선되었다. 그리고는 옥산서원玉山書院 등으로 나돌고 만날 기회가 드물었다. 그러므로 나는 늘 혼자였다. 사무가 끝나면 거리로 나왔다. 거리랬자 5분만 거닐면 거닐 곳이 없었다. 반월성半月城으로, 오릉五陵으로, 남산南山으로, 분황사芬皇寺로 돌아다녔다. 실로 내가 벗할 것이란 황폐한 고도古都의 산천과 하늘뿐이었다.

　　이 유배流配의 지역에서 나는 스물, 스물하나, 스물둘—그야말로 꽃 같은 젊음을 보냈다. 왕릉에 누워서 달을 보는 것, 기와 조각을 툭툭 차면서 길을 걷는 것, 밤이면 램프 밑에서 책을 읽는 것—그리고 아무 주막에서나 술을 마시는 것. 그 외에 낮이면 주판알을 튕기는 것이 전부였다. 이 풀 길 없는 고독이 안으로 응결되어 나의 초기 작품 세계의 터가 잡히게 된 것이다. 그럼에도 나는 시를 쓰는 것과 시인이 되는 것 외에 다른 소망이 없었다.

　　그 어느 날, 경주에서 다음다음 역인 건천으로 나갔다. 되돌아오는 길에 경편열차輕便列車 속에서 한 청년을 보았다. 나이는 나보다 두세 살 위였다. 무슨 이야기 끝에 이 처음 보는 낯선 청년이 내게 명함을 주었다. 명함에 '신인문학新人文學 투고자投稿者 백양白羊'이라 적혀 있었다. 얼굴이 달아오르는 것을 나는 깨달았다. 《신인문학新人文學》이라면 오락 겸 문학잡지. 그 오락잡지에 투고질이나 하는 것을 명함에 박아 다니는 청년이 마치 나 자신의 일처럼 부끄러웠다.

　　나는 절대로 어느 잡지에도 투고하지 않으리라 결심하였다. 그럼에도 이기현이 서울을 다녀와서 《문장》지가 권위 있다는 것과 꼭 그 잡지에 투고하라는 권유에 못 이긴 채 작품을 보낸 것이다. 그 첫 작품이 추천이 되고 다음해는 추천 완료가 되었다. 명색 신인으로 시단에 데뷔한 것이다. 하지만 이미 일제 말기의 단말마적 발악이 시작되고, 월요일 아침이면 관공리官公吏들은 경주극장 옆 이른바 신사 앞에서 저희들 말대로 참배를 해야 했다.

2

《문장》지의 추천동인

1942년 3월 초순이었다. 지훈에게서 편지가 왔다. 《문장》지를 통하여 추천을 받은 시인은 김종한金鍾漢, 이한직李漢稷, 조지훈, 박두진, 박남수朴南秀에 필자까지 여섯 사람이지만 해방이 될 때 서신 왕래를 하게 된 것은 지훈 한 사람뿐이었다. 김종한과는 끝내 인사 한마디 나누지 못하고, 1944년 그만 타계他界하고 말았다.

> 고향집에서 편지가 왔소.
> 전주백지全州白紙 속에 하늘거리는
> 살구꽃은
> 살구꽃은 전쟁처럼 만발했소.

이것은 김종한이 《문장》지에 발표한 〈살구꽃처럼〉이라는 작품의 한 절이다. 내가 좀 더 마음의 여유를 가진 인간이었더라면 전주백지가 아니더라도, 외지에 가 있는 그에게 편지 한 장쯤 인색하게 굴지 않았을 것이다. 하지만 나 자신의 세계 속에 초점을 집중하여 거창한 시대에 부대끼며 살고 있는 나에게 그런 마음의 여유를 가질 겨를이 없었다. 그런 나 자신에 비하여 지훈은 도량이 넓고 활달한 시인이었다.

> 글은 사람이라 하여 문장이 인격의 반영임을 말한 사람이 있지만
>
> 글보다도 더욱 인격을 반영한 것이 글씨이다.
>
> —조지훈

지훈의 단아한 펜 글씨. 글자 한 획이 어긋나는 법이 없는 실로 단정한 글씨요, 알뜰하고 유창한 문장이었다. 나는 무척 감격하였다. 이 서울 친구의 편지를 받자 곧 회신을 띄웠다. 중순께 그에게서 전보가 왔다. 경주에 도착하는 차 시간을 알린 것이다.

하지만 우리는 서로 인사조차 한 일이 없었다. 《문장》지에 나 있는 동전만 한 사진으로서는 서로 얼굴을 알 것 같지 않았다. 궁여책으로 나는 '박목월'이라 써 붙인 깃대를 들고 마중 나갔다. 하지만 그것은 기우에 불과했다. 검은 장발을 젖힌 허우대가 큼직한 그의 모습은 기차에서 내리는 무리 속에서 뛰어났으며, 단번에 그가 누구라는 것을 알아차릴 수 있었다.

그날 밤에는 월성여관에서 이야기로 밤을 새웠다. 화제는 무진장하였다. 지훈은 문단 소식에 정통하고, 나는 비로소 문단 사회에 대하여 눈을 뜨게 되었다. 다음 날은 불국사로 갔다. 석굴암으로 오를 때는 봄눈이 뿌리고 있었다. 다음다음 날은 이한우李翰雨와 동행을 하여 지훈은 옥산서원으로 갔으나 나는 따라가지 못하였다. 보름 동안 경주에 유한 그는 상경하였다.

그가 경주를 다녀간 그해 시월에 조선어학회사건이라는 것이 터졌다. 일제는 독립운동죄로 몰아 최현배 · 김윤경 · 이희승 등등 30여 명의 회원들을 검거하였다. 지훈은 그가 돕고 있던 한글학회가 해체되자 신변에 위협을 느끼게 되고, 아예 서울을 벗어나 낙향하게 되었다. 월정사月精寺로 가는 길에 내게 편지를 보냈다.

묻혀서 사는 이의

고운 마음을

아는 이 있을까,

저어하노니

꽃이 지는 아침은

울고 싶어라.

〈낙화落花〉의 1절이다. 나는 그가 보내준 이 작품을 낭독하면서, 그가 경주에서 내게 보여준 〈완화삼玩花衫〉에 대한 화답시를 보냈다. 그것이 〈나그네〉.

당시 박두진은 안양인가 청량리인가 확실하지 않지만, 나와 마찬가지 계통의 금융기관에 있었던 것을 해방 후에 알게 되었다.

그의 첫 추천 작품 〈향현香峴〉은 출장 가는 길에 썼다고 하였다.

1939년 3월 하순께쯤 날씨가 화창하고 따뜻했으며, 벌써 새로 돋은 새 움싹이 양지 쪽 이른 곳에 파릇파릇이 참츠르르할 때였다.

'〈향현〉은 바로 이러한 상고개 '향현' 이라는 고양군高陽君 신도면神道面 에 있는 어떤 고개 마루에서 쓰인 것이다' 라고 그는 《시와 사랑》에서 말하고 있다.

5만 분의 1 지도 뒷등에 푸른 색연필로 굵다랗게 쓴 작품으로 그는 시단에 데뷔하게 된 것이다.

누구도 믿을 수 없고 누구도 나를 믿어주지 않던 시대

산새도 날아와

우짖지 않고

구름도 떠가곤

오지 않는다.

인적 끊인 곳

홀로 앉은

가을 산의 어스름.

호오이 호오이 소리 높여

나는 누구도 없이 불러 보나

울림은 헛되이

빈 골을 되돌아올 뿐.

이것은 박두진의 〈도봉道峰〉한 절이다. '누구도 믿을 수 없었고, 누구도 나를 믿어주지 않던 시단. 그렇게 고독하고, 그렇게 처절하고, 그렇게 암담하고, 비참하던 시대'에 그는 '산을 찾고, 산에 숨어 살고 그리고 안으로 울고, 그러한 심정을 얼마간 시로써 미화시키는 것을 자위로 삼았던' 것이다. 이제 시대는 완전 암흑기로 접어들었다.

3

일제의 단말마적인 발악기

《문장》지를 통하여 시단에 데뷔한 우리들에게 주어진 '밝은 시간'은 너무나 짧았다. 우리들이 제대로 성장하기도 전에 《문장》지는 폐간하게 되고 이어서 《동아일보》·《조선일보》도 문을 닫아걸게 되었다. 일제 말기의 어두운 밤이 내리고, 단말마적인 발악기에 접어들게 되었다. 그동안 나 자신은 추천 작품을 비롯하여 열 손가락에도 차지 않는 작품을 발표하였을 뿐이다.

1941년 섣달에 태평양 전쟁이 시작되고, 신변은 불안과 절망이 휩싸게 되었다. 일어의 사용이 강요되고 이른바 창씨개명이 거의 강제적으로 요구되었다. 그것에 편승하여 소위 '내선일체內鮮一體'라는 어처구니없는 구호를 외치는 자도 생겨났다. 나는 지방의 조그만 금융기관에 은신하여 낮에는 공출미의 대금 지출을 위하여 주판알을 통기는 생활이 계속되었다. 하지만 시에 대한 정열과 집념은 끈질기게 나의 내면에 타오르고 있었다. 전표 뒷장에 남모르게 시를 써서 간직해두었다.

냇사 애달픈 꿈꾸는 사람.

냇사 어리석은 꿈꾸는 사람.

밤마다 홀로

눈물로 가는 바위가 있기로

기인 한밤을

눈물로 가는 바위가 있기로

어느 날에사

어둡고 아득한 바위에

절로 임과 하늘이 비치리오.

이것은 전표 뒷장에 쓴 〈님〉이라는 작품이다. 1942년(?) 가을 어느 날이었다. 유난히 조국의 하늘은 맑고 푸르렀다. 나는 이 작품을 써서 경주군청慶州郡廳에서 고원 노릇을 하는 이기현을 불러내었다. 그는 해사한 얼굴에 격에 어울리지 않게 소위 국민복 차림으로 감발을 두르고 나왔다. 그도 징용을 피하여 군청에서 고용살이를 하고 있었던 것이다. 그는 군청 외진 뜰에서 나의 작품을 읽고 무척 심각한 표정을 지어 보였다.

"이걸 어쩔 셈이냐?"

그가 물었다. 물론 그의 질문은 어쩌자고 이런 시를 썼느냐의 뜻도 되고 어디다 발표할 셈이냐는 의미도 되었다. 하지만 나로서는 그것을 어떻게 한다는 방도를 생각한 것이 아니다. 발표한다는 것은 어림없는 일이요, 그럴 길도 없었다.

"글쎄."

나는 난처한 표정으로 대답하였다.

"잘 보관해 둬."

그의 말이었다.

윤석중과의 해후

그 무렵이었다고 기억된다. 조선일보사 기자 생활을 청산하고, 일본으로 건너가 도쿄에서 유학을 하고 있던 윤석중尹石重 씨가 귀국하였다가 되돌아가는 길에 잠시 내게 들렀다. 윤석중 씨는 성건리城乾里에 있는 우리 집에서 하룻밤을 유하였다.

거의 밤을 새우다시피 우리는 이야기에 열중하였다. 그것은 동요에 관한 것으로 윤석중 씨의 동요에 대한 이야기는 끝이 없었다. 그것도 거의 그분 자신의 작품에 대한 것이었다. 그 면에서는 실로 철두철미하였고 또한 그만큼 아동문학에 온 정열을 다 바쳐 헌신하고 있었다.

우리가 자리를 나란히 하고 누워 동요에 대한 이야기도 지칠 무렵에 윤석중 씨는 비로소 시국 형편에 대하여 화제를 돌렸다. 씨는 기자 생활을 한 만큼 그 면에서도 밝았다. 그의 시국담은 일본 신문을 통해서만 내가 알고 있던 것과는 너무나 거리가 멀었다. 일본 군벌들의 알력을 나는 놀라운 마음으로 들었다. 하지만 그렇다 하여 조국의 앞날에 대한 밝은 이야기는 아니었다.

"박형. 이걸 써서 어디에다 발표할 수도 없고……."

윤씨의 한탄이었다. '이것'은 그의 작품을 뜻하는 것이다.

"땅에 묻어두십시오."

그것이 나의 대답이었다. 사실 그럴 도리밖에 없었다. 전혀 햇볕을 보게 될 날을 기약할 수 없던 암흑기였다.

의지할 것은 시뿐이며
시를 통해서만 삶의 보람을 느낄 수 있었던 시대

그럼에도 의지할 것이란 시뿐이며, 시를 통해서만 삶의 보람을 느낄 수 있었다. 이 측은하고 슬픈 소망의 길—그와 같은 소망 속에서 빚어진 작품을 나는 땅속에 묻어둘 도리밖에 없었다. 잠시 서글픈 빛을 보인 윤씨도 이내 작품에 대한 이야기에 열중하였다. 이튿날 첫차로 윤씨는 떠났다. 당시에는 이색적인 캡과 바바리코트를 입은 윤씨의 풍모에서 나는 조국의 지식인들의 편모를 느꼈던 것이다.

이순보와의 해후

그 후도 나를 찾아온 또 한 사람의 문우는 소설가 이순보李巡步였다. 그는 동향의 후배지만, 만주滿洲로 방랑하다가 일제 말기에 나를 찾아왔다. 비록 나보다는 몇 살 아래지만 나는 윤씨를 만난 성건리 집에서 순보에게 감추어 두었던 노트를 처음으로 꺼내어 나의 작품을 낭독해 주었다. 무덤가에 자람거리는 바람나무와 보리느름 때의 하늘을 노래한 작품들이었다.

일제 말기의 숨 막히는 어둠 속에서 내가 시를 써서 땅속에 묻어두는 동안 박두진은 '해야 솟아라, 해야 솟아라, 곱고 앳된 얼굴 밝은 해야 솟아라'처럼 밝은 해가 솟기를 갈구하며 어둠속에 숨어 있었고, 조지훈은 '차운 산 바위 위에 하늘은 멀어 산새도 구슬피 울음 우는' 오대산五臺山 월정사月精寺에 엎드려 있었던 것이다.

4

하나의 기, 하나의 국토, 하나의 마음, 하나의 손, 하나의 국가, 영구히.

—O. W. 홈즈

갑자기 온 천지에 찬란한 광명이 넘쳐흐르게 되었다. 이것은 조국 해방에 대한 나 자신의 감격을 솔직하게 단적으로 표현한 것이라 할 수 있다. 참으로 시골 한구석에서 자기의 세계 속에 파묻혀 있던 나에게 해방은 너무나 놀라운 일이요, 그만큼 감격도 컸던 것이다.

나는 그해 모교의 초빙을 받아 직장을 바꾸게 되었다. 대구 계성중학교로 자리를 옮기게 되었다. 그 무렵 겨울 어느 날이었다. 당시에는 보기 드문 날씬한 경기용 자전거를 탄 청년이 나를 찾아왔다. 나이는 나보다 두세 살 위. 상냥한 청년이었다. 그가 바로 시인 이윤수李潤守, 시회詩會를 가지려고 의논하러 온 것이다.

죽순회와 기관지인 《죽순》

그 후 시계점을 경영하는 이윤수의 알선으로 첫 모임을 가지게 되었다. 대구 동성로 이 시인의 누님 댁 이층이었다. 그 자리에서 나는 처음으로 《문장》지의 추천을 거친 시조시인 이호우爾豪愚(본명 이호우李鎬雨)를 만나게 되었다. 육척 장신의 키가 늘씬한 시조시인은 세상 물정에 밝으면서 순진하고 또한 강직한 일면을 가진 분이었다. 역시 그 모임에서 이영도李永道 시조시인도 만났다. 이 여류 시인은 상냥하고 다정다감한 느낌을 주었다.

두 남매는 모임의 오른편에 앉고, 일대日大 예술과藝術科 출신 최해룡崔海龍은 건너편에 자리 잡고, 내가 중간에 앉았다. 이를 중심으로 10여 명 가까운 회원이 모여 자작시 낭독도 하고 평도 하였다. 이것이 죽순회竹筍會. 사회는 이윤수가 맡았다. 그는 말보다는 웃음이 더 많은 시인이었다. 죽순회는 기관지 《죽순》을 9집까지 내면서 명실 공히 대구의 문학운동의 주축이 되었다.

조선아동회와 아동잡지 《아동》

한편으로 나는 이영식李永植 목사님을 중심으로 형성된 조선아동회 멤버의 한 사람으로 해방 후 우리나라에서 처음으로 아동잡지 《아동》을 발간하는 일에 협력하였다.

그 멤버 중에는 아동문학가 김진태金鎭泰도 끼어 있었다. 그는 문인이기보다는 종교인적인 성실성이 몸에 밴 분으로, 그의 작품에는 교훈성이 짙게 깔려 있었다. 대구에서 나는 3년 가까이 있었다. 그동안 지방 문인들의 생활과 분위기를 알게 되고 그들과의 따뜻한 사귐을 가질 수 있었다. 지방 문인들은 대체로 창작보다는 시를 생활하려는 분들이었다.

대구 생활

대구에서의 생활은 나의 생애에 가장 티없이 맑은 추억의 한 부분으로서, 해방의 감격 속에서 친구를 사귀고 또한 생활을 시에만 집중할 수 있었던 행복한 시기이기도 하였다.

이 대구 생활 중에서 조명照明이 주어진, 잊혀지지 않는 장면의 하나는 대구역에서 왼편으로 빠지는 길가에 있는 어느 다방에서 시 낭독회를 가졌던 일이다. 지금은 다방의 이름도, 그것을 주관한 고마운 청년들의 이름도 잊었지만 최모崔某라는 대구의 문학청년이 중심이 되어 나 개인을 위한 시 낭독회를 열어주었다. 다방에는 모든 조명을 죽이고 내 앞에만 푸른 불이 켜져 있었다. 그 푸른 원주圓周 속에서 나는 평생 처음으로 나의 시를 낭독하게 된 것이다. 그날의 그 긴장, 그 조명을 평생 잊을 수 없었다.

그것은 나의 이십대 마지막 무렵에 켜져 있는 가장 신비스러운 불빛이요, 또한 앞날의 나 자신을 약속해 주는 찬란한 것이기도 하였다.

이야기는 거슬러 올라가게 된다. 해방되던 그해 십이월에 윤석중 씨한테서 전보가 왔다. '즉시卽時 상경앙망上京仰望'이라는 짧은 사연이었다. 대구에서 서울까지 일주야가 걸리는 기차를 타고 다음다음 날 새벽에 서울역에 내렸다. 챙이 넓은 검은 비로드(벨벳) 중절모를 쓰고 검은 무명 두루마기를 입은 나는 옥색 토시를 낀 채 종로에 있는 영보 빌딩을 찾아갔다.

용건은 아동협회를 조직하여 《주간 소학생》을 발간하는 일에 협력해 달라는 것이었다. 나는 교편 생활에 미련이 있었기 때문에 그 일을 거들어줄

280

수 없었지만 그곳에서 서울 문인들을 만날 수 있었다. 조풍연趙豊衍은 그 굵고 다정한 음성으로 나의 시를 극구 칭찬해 주었다.

그는 《문장》지의 편집장 일을 맡아 보았기 때문에 《문장》지 추천을 받은 우리들에게 각별한 호의를 보여주었던 것이다. 또 그 호의가 내쳐 다음 해 《청록집》을 엮게 되었던 것이다. 나는 을유문화사乙酉文化社에서 동시집 《초록별》을 출판하게 된 것을 계기로 서울 출입이 잦아졌다.

민족진영의 문인들

당시 현 경향신문사 옆 자리에 '후라워 다방'이 있었다. 말하자면 그곳이 민족진영 문인들의 총본거지로서 총수總帥는 김동리. 나는 그곳에서 곽종원郭鍾元, 조연현, 조지훈, 이한직, 최태응崔泰應 등과 어울릴 수 있었다. '해방 후 청춘을 접신했다'는 것이 머리를 올백으로 넘긴 장발족 김동리의 말이었다. 그는 좌익과의 투쟁에 침식을 잊다시피 열중하고 있었다.

저녁이면 후라워 다방에 모인 10여 명의 일당이 명동 술집으로 모이게 되고 으레 밤에는 친구 집으로 가서 함께 어울려 자곤 하였다. 김동리의 집은 돈암동에 있었다. 택시를 타고 그의 집 가까이에서 내려 왁자지껄 떠들며 그의 자그만 집[瓦家]으로 갔다. 밤에는 술과 이야기로 밤을 밝히고 이튿날 아침에는 동리의 부인이 끓여주는 밀가루 수제비로 아침을 때우고 나는 서울역으로 달려오곤 하였다. 당시에는 그만큼 식량 사정이 어려웠다.

5

1946년, 해방 이듬해 이월이었다. 나는 대구에서 기차로 17시간 흔들려서 겨우 서울에 도착하였다. 여전히 차양 넓은 검은 중절모에 본목 두루마기를 걸치고 이른 아침 서울역에 내렸다. 역전 음식점에서 아침 요기를 하고 영보 빌딩(을유문화사)을 찾아갔다.

영보 빌딩에는 《주간 소학생》의 선전용 수막垂幕이 큼직하게 걸려 있었다. 그 활자체의 서체書體가 눈에 익고 이상하게 윤석중적인 감각을 느끼게 하였다. 영보 빌딩 2층 왼편 구석방이 편집실이었다. 내가 들어가자 막 사원들이 출근하고 있었다. 중간쯤에 앉아 있는 사원 한 사람이 미소를 머금고 일어났다.

박두진과의 해후

그의 인상은 한마디로 학鶴과 같았다. 코와 턱이 날카롭게 생긴 바싹 여윈 그의 인상이 학을 연상하게 한 것이다. 나는 누구의 소개를 받지 않고도 그가 박두진朴斗鎭이라는 것을 알 수 있었다. 그도 방을 들어서는 것이 박목월이라는 것을 직감하였다고 나중에 술회하였다.

우리는 굳게 손을 잡아 흔들었다. 그리고 서로 웃고 있었다. 이것이 《문장》지의 추천을 받은 후 6~7년 만에 비로소 만나게 된 박두진과의 첫 대면이었다. 그는 과묵한 편이었다. 하지만 일단 이야기를 시작하면 나직나직하고 부드러운 음성이 상대의 마음속을 파고들며, 또한 눈이 지극히 다정감을 자아내게 하였다. 우리들이 서로 만나는 장면을 옆에서 보고 있던 조풍연趙豊衍이나 윤석중 씨가 한마디쯤 무슨 말을 하였을 것 같으나 생각이 나지 않는다. 웃으면 쾌활한 인상을 주는 윤석중 씨의 껄껄거리는 웃음소리만 기억에 있을 뿐이다.

첫 시집을 낼 때의 흥분과 감격

내가 서울에 며칠 있는 어느 날이었다. 아협兒協(을유문화사)에 들렀더니, 언제나 착 가라앉은 인상을 주는 두진은 그날따라 얼굴이 약간 상기되어, 조풍연 씨가 우리들의 시집을 내주겠다는 것을 전하였다. 첫 시집을 내게 될 때의 그 흥분과 감격은 문학에 종사한 사람이면 누구나 알고 있을 것이다. 아마 그것은 우리들의 첫 우정을 기념해 주려는 조풍연 씨의 배려에서 발안發案된 것이리라.

조씨는 두진에게 삼인 시집을 제안하였으나 두진과 나 그리고 또 한 사람을 누구로 선정하느냐가 문제였다. 박남수는 이북에 있고, 김종한은 작고하였으므로 《문장》 추천 시인으로서 우리 두 사람 이외에 한직, 지훈이 있을 뿐이다. 하지만 이한직은 우리들과는 시 세계가 판이하게 이질적인 것이었다. 조지훈과 셋이 삼인 시집을 내기로 하였다. 옆에 있던, 역시 《문장》지를 통하여 문단에 나온 시조시인 조도 그것이 좋으리라 장단을 맞춰주었다. 두진과 조와 나—세 사람이 성북동 지훈 집을 방문하기로 하였다. 조가 길을 안내하였다. 성북동 개울을 따라 그의 집을 처음으로 찾아가는 내게 지훈 집 골목으로 꺾이기 전에 있던 돌다리와 조그만 수양버들이 인상적이었다.

지훈은 허름한 한복韓服 차림으로 우리를 맞이하였다. 용건을 듣자 그는 옷을 갈아입고 나섰다. 당시 그는 경기여고에 나가고 있었다. 훤칠한 키에 검은 베레모를 제껴 쓴 지훈은 우리들을 위하여 술을 대접하려 하였다. 하지만 근처에 적당한 술집이 없었다. 우리들은 삼선교로 나와 저녁 겸 술을 몇 잔 하였다. 우리 세 사람은 우리 생애의 새로운 여명黎明을 맞이하여 말하자면 축배를 드는 셈이나 두진은 안양교회의 장로長老이기 때문에 이 박 장로님은 근엄하기만 하고 술잔을 입에 대지 않았다.

우리는 어둑어둑한 골목길을 한 패거리가 되어 첫 시집을 가지게 될 것과 새로 맺은 우정에 흥분하여 성신여학교로 갔다. 시집에 대하여 의논할 만한 적당한 장소를 찾아간 것이다. 그곳은 조의 직장이므로 그가 우리를 데리고 간 것이다. 마침 박노춘 씨가 숙직이었다. 성신여학교 숙직실—그 방에서 꼬박 밤을 새웠다. 이마를 맞대고 의논한 나머지, 작품을 각각 15편씩 수록하되 차례는 박목월, 조지훈, 박두진으로 하였다.

두진의 차례가 맨 뒤로 돌아가게 된 것은 그의 작품 세계는 무게가 있고 또한 작품이 길어서 한 권의 시집으로 뒤를 두툼게 받치자는 뜻이었다. 그 대신 내가 앞으로 나서게 된 것은 시가 짧고 가벼우며 그만큼 순수하다는 의미도 되었다.

삼인시집 《청록집》

이것은 지훈이 결정한 것이었다. 시집 이름을 《청록집靑鹿集》으로 하라고 주장한 것은 나다. 푸른 사슴이라는 것이 보다 참신하고 날렵하다는 은근한 자부심과, 새롭다는 의미를 내포하고 있는 것은 말할 나위도 없다.

시집 제호가 결정되자 장정이 문제였다. 그러자 지훈이 근원近園을 추천하였다. 《문장》지의 표지를 그린 그의 솜씨를 알고 있기 때문에 우리는 쉽사리 동조할 수 있었다.

이야기가 끝난 것은 새벽녘이었으나 잠자리에 들어서도 누구 한 사람 눈을 붙이려 하지 않았다. 우리들의 이야기는 끝이 없었다.

새벽녘에야 나는 변소에 갔었다. 이미 동이 트고 있었다. 변소 유리창 밖으로 내려다보이는 새벽의 서울 시가지를 건너다보며 나는 평생 처음으로 전신에 저려오는 광명성光明性을 깨달았다. 그날 아침 차를 타고 서울을 떠났다.

6

《청록집》이 나오게 된 것은 1946년 6월이었다. 국판 100페이지. 초판 300부, 가격은 30원이었다. 표지에는 푸른 사슴, 속표지는 촛불을 밝혀 들고 기도하는 여인의 모습이 아트지에 삼색으로 인쇄되어 있었다. 그리고 각자마다 자기 파트에는 초상화가 조그맣게 그려져 있었으며 자필로 사인한 것이 인쇄되어 있었다.

자필 서명의 글씨체가 조지훈은 단아하고 박두진은 단필이면서 날카롭고 나 자신의 글씨는 소박한 대로 야무지지 못하였다. 초상화는 김의환 화백이 아협兒協 편집실에서 우리들을 모델로 직접 그려주었다. 그는 코주부 김룡환 화백의 계씨로서 그 당시에 《주간 소학생》의 삽화를 맡고 있었다. 다정한 분이었다.

순수시를 지향하는, 혜성처럼 나타난 신예 삼인시집

《청록집》이 나오자 의외로 반향이 컸다. 좌익 진영에서는 공격의 화살을 그것에 집중하였다. 그런 만큼 민족진영의 두둔도 지나칠 정도로 두터웠다. '순수시를 지향하는 혜성처럼 나타난 신예 삼인시집'이라는 것이 조풍연 씨가 붙여준 광고문의 캐치프레이즈이지만, 우리 자신들도 그야말로 신예 시인으로 자처했던 것이다.

그해 9월 27일, 후라워 다방에서 출판기념회를 가지게 되었다. 다음 해 형성된 청년문학가협회의 멤버들이 중심이 되어 모임을 주선해 준 것이다. 나는 대구에서 일부러 상경하였다. 출판기념회에 참석하는 나 자신을 위하여 《죽순》에서 조그마한 잔치를 베풀어주었다.

출판기념회는 대성황을 이루었다. 당시에는 문우로서의 친밀감보다 좌익과의 투쟁을 위한 동지 의식이 앞서고, 그런 만큼 출판기념회는 동지들의 모임으로서 후끈하게 달아오르곤 하였다. 사회는 이한직이 보았다. 그는 말끔한 한복 차림으로 나타나 곱게 빗어 넘긴 장발을 쓰담아 넘기며 《문장》 추천 동인으로서의 우정을 과시하였다.

어떠한 사람의 권력도 우정을 침범할 권한은 갖지 못한다.

—오비디우스

모임이 끝나자 2차, 3차로 발전하였다. 허바허바 사진관에 들러 기념

촬영을 하였다. 꽃다발을 안고 앉아 있는 우리 세 사람을 중심으로 뒷줄한 가운데에 젊은 김동리가 서고, 그 좌우에 조연현·곽종원·이한직·여세기·이상로 제씨가 서 있었다.

공식적인 출판기념회가 있었던 얼마 후에 우리는 C씨를 위하여 또 한 번 술자리를 가졌다. 원래 《청록집》에는 C씨의 서문을 받기로 세 사람이 의논하였던 것이다. 그것은 우리들을 추천해 준 그분에 대한 예의와 호의에서 의논된 것이다.

하지만 당자가 거절하였다. 이 독실한 가톨릭 신자요, 순수시인은 해방 후 하루아침에 우리들과 뜻을 달리하였다. 그러나 그렇다 하더라도 그분에 대한 우리들의 예의는 저버릴 수 없었다. 조풍연 씨가 중간에 들어 C씨를 청진동 어느 비읏집 2층으로 초대하여 《청록집》을 기증하였다.

그 자리에서 얼굴이 까무잡잡하고 키가 작달막한 C씨의 곤혹적인 표정을 나는 잊을 수 없다. 그것이야말로 해방 후의 혼란을 단적으로 상징해 주는 얼굴이요, 표정이기 때문이다.

어색한 장면을 얼버무리려는 C씨는 거나해지자 나의 〈나그네〉를 낭독하고 무릎을 치며 칭찬해 주었다.

"내가 호랑이 새끼를 길렀어. 호랑이 새끼를 길렀단 말이야."

C씨의 말이었다.

"내가 추천한 자들이 얼마나 무서운 놈들인고 하니……" 하고 웃은 다음, 다음과 같은 이야기를 들려주었다. 그가 추천한 사람 중에서 고맙다는 사례의 편지는커녕 연하장 하나를 보내는 사람이 없었다는 것이다. 그것을 C씨는 큰 자랑거리로 이야기하고 있었다. 사실 우리들로서도 사례의 편지를 띄울 만큼 세속적인 인사치레나 예의를 닦기에는 철없이 순수하고 오만하였던 것이다.

두진은 그 후 근무처를 그만두었다. 그가 그곳에서 물러나게 된 동기가 참으로 두진다운 것이었다. 사무실에서 전화벨이 울리면 그는 마지못해

수화기를 들기는 하지만 '네, 네, 을유문화사입니다' 하고 응답을 보내는 일이 없었다. 그야말로 근엄한 자세로 수화기를 귀에 대고 상대가 말을 걸어오기를 기다리고만 있었다.

말하자면 두진으로서는 아무리 생활을 위하여 사무적인 잡무에 종사하지만 사무가가 되기를 준엄하게 그의 내면에서 거부하고 있었던 것이다. 그러므로 세속적인 일에 그는 타협할 수 없으며 언제나 고개를 뻣뻣하게 들고 그의 시선은 영원을 향하여 직선적으로 뻗쳐 있었던 것이다. 그것이 그가 직장에서 물러나게 된 이유이다.

직장에서 물러나게 되면 당장 생활이 어려워지게 되는 것이 당시의 그의 형편이었다. 그는 버스 값도 궁하여 안양에서 서울까지 걸어 다닌다는 이야기를 나는 들었다. 시를 한 편 써서 신문사나 잡지사에서 고료를 받게 되면 그것이 그날의 양식이 되는 형편이라 하였다.

그럼에도 두진은 근엄하고 꼿꼿한 자세를 누그러뜨리는 일이 없었다. 더구나 어려운 형편을 내색하는 일도 없었다. 신문사에서 팔리지 않는 작품을 가지고 다른 신문사로 가는 동안 우리 셋은 새로이 맺은 우정과 시에 취하여 다른 것은 다 잊고 이야기에 열중하였다.

7

한글 맞춤법 폐지 문제

1950년 정월이었다. 국방부의 의뢰를 받아 전국문화단체총연합회에서 육해공군의 군가를 짓게 되었다. 그것을 위한 회합이 충무로에 있는 어느 요정에서 있었다. 참석자는 정훈국 담당관과 문총으로서 김영랑金永郎 선생, 대통령 비서관으로 계시던 김광섭金珖燮 선생, 그리고 필자 등이었다. 술자리에서 화제가 한글 맞춤법 폐지론으로 번지게 되었다.

조건없이 순수하고 순정적이던 영랑 선생

당시 이 대통령이 한글 맞춤법을 폐지하고 발음 나는 대로 쓰라는 것을 주장하였기 때문이다. 김광섭 선생은 그분의 직책상 폐지론을 지지하고 영랑 선생은 그것을 반대했다. 양 김 선생은 각별하게 친한 사이였으나, 그날따라 화제가 상당히 감정적인 면으로 발전했다. 그러자, 이산怡山(김광섭)이 "없다라는 말이나 직업職業의 업이라는 말은 똑같이 업이라고 발음하는데, 없다는 비읍 시옷의 받침을 하고 직업의 업은 비읍 받침만 할 이유는 뭐냐. 불합리하잖느냐"라고 공격했다. 물론 억지였다. 한글 맞춤법에 대해 운운하지만 그분도 맞춤법에 대해서는 소상한 편이 아닌 모양이었다.

그러자 얼굴이 벌겋게 달아오른 영랑 선생은 갑자기 술상을 뒤집어버렸다. 그러고는, "이유는 무슨 이유냐. 무조건 반대다" 하고 소리를 질렀다. 이산은 허허 하고 물러앉았다. 영랑 선생은 그해 9월에 불행하게도 세상을 떠나셨지만, 그 술자리의 장면이 필자의 기억에 떠오를 때마다, 그야말로 조건 없이 순수하고 순정적이던 선생의 모습을 생각하게 되는 것이다. 하지만 군가 작사에 대해서는 우리들—청록파 세 사람에게 잊을 수 없는 즐거운 추억을 남기게 하였다.

> 남에게 혹심한 대우를 받는 것은 우리들이 자기 자신에 대하여 내리는 혹심한 정도만큼은 쓰리지 않다.
>
> —라로슈푸코

군가 작사자로 처음에는 미당未堂(서정주)과 지훈과 필자가 선정되었다. 그러고는 우리들이 실감 있는 가사를 지으려면 군대 생활을 체험해야 한다는 결론이 내려졌다.

말하자면 입영을 해야 한다는 것이다. 그리고 어느 날 고급 장교 두 분의 초대를 받아 명동 어느 왜식집에서 점심 대접을 받았다. 그 길로 용산에 있는 부대에 입대하였다. 입대식은 연대장실에서 거행되었다. 아무리 우리가 입대하더라도 장교 대우쯤 받게 되리라는 우리들의 기대는 전혀 빗나갔다. 입대식이 끝나자 우리들은 옆방에 가서 군복으로 바꿔 입었다. 일등병이었다. 그러나 육척 장신의 조지훈에게는 맞는 군복이 없었다.

윗옷의 소매가 짧아 팔뚝이 이만큼 나오게 되고 키가 비교적 작은 편인 미당은 소매가 손등을 덮고 남았다. 더구나 큼직하고 덥수룩한 조지훈의 봉발蓬髮 머리에 얹힌 조그마한 군모가 걸을 때마다 건드렁거려 그 꼴이 한마디로 가관이었다. 그 대신 미당은 눈썹까지 군모가 내려왔다. 그날 저녁으로 우리는 제1중대 제3소대에 인계되었다.

소대장은 이 엉뚱한 입대자를 맞이하여 첫마디 인사가 이 새끼야, 뭘 하고 굴러먹다가 이제 입대했느냐, 라는 것이었다. 물론 우리들의 입대 용건은 연대장만 알 뿐, 극비에 부쳐 있었던 것이다.

"네, 동대문에서 포목장사 하다가 망했소이다."

지훈의 능청스러운 대답이었다. 그 후로 일주일 우리는 앞으로 갓, 뒤로 돌아를 배웠다. 제3소대 맨 앞줄에 미당이 앞뒤로 활개를 저으며 행진을 하고 필자와 지훈은 꼴찌에 붙어서 엇둘엇둘 활개를 저었다. 그러나 동작이 익숙하지 못한 미당은 끝내 꼴찌에 붙게 되었다.

너희는 살기 위해 먹지, 먹기 위해 살지 말 일이다.

—M. T. 시세로

입대한 다음 날이었다. 점심시간에 우리 일등병 세 사람이 장교 식당으로 들어갔다. 식사만은 장교 식당에서 하라는 연대장의 특명이 있었기 때문이다. 식당은 장교들로 만원이었다. 그들은 어슬렁어슬렁 들어오는 우리들을 보자 눈이 휘둥그레졌다.

더구나 장교들로 만원이 된 식당에 앉을 자리라곤 중앙의 의자가 셋 비어 있을 뿐이었다. 우리는 그 자리를 점령하였다. 나중에 안 일이지만 그것은 연대장, 부연대장, 당직 장교들을 위하여 비워 놓은 것이었다.

"아니, 저 새끼들이……."

장교들이 분개하였지만 우리는 태연자약하였다. 식사에는 일반 장교들보다 계란 프라이 하나가 더 붙어 나왔던 것이다.

청록파 세 사람의 오붓한 여행

이 하늘에서 떨어진 일등병은 그런대로 일주일간의 훈련을 무사히 마치고 명예 제대를 하게 되었다. 제대식이 끝나고 우리는 명동에서 근사한 술자리를 가질 수 있었다.

그러나 이 군대 생활에 질려버린 미당이 물러나고 해군 생활을 경험하기 위하여 진해鎭海로 갈 때는 박두진이 동행하게 되었다. 말하자면 청록파 일행이 오붓하게 여행을 하게 된 것이다. 우리 세 사람으로서는 셋이 어울려 여행을 하게 된 것이 일생에 단 한 번—그때뿐이었다.

8

우리 세 사람이 진해에 도착한 것은 1950년 2월 하순경 밤이었다. 자고 나니 여관 뜨락에 비비추 비슷한 풀이 새파랗게 돋아 있었다. 이월 하순이라면 서울은 아직도 추위가 본격적인데 진해는 그만큼 기후가 달랐다. 새파란 풀빛이 자고 난 눈에 무척 신선하게 느껴졌던 일이 지금도 잊혀지지 않는다.

우리는 해군 장교의 인도를 받아 해군 통제부로 갔다. 그 자리에 있는 장교들은 계급이 영급領級을 넘는 분이 없었다. 가장 높은 분이 중령이었다고 기억된다. 고급 장교 중에는 우리말 발음이 서투른 분이 허다하였다. 왜식 억양과 왜식 발음이 우리를 놀라게 하였다.

용산에서 군대 생활에 질려버렸기 때문에 우리는 처음부터 입영을 하지 않기로 짜놓았다. 군에서도 용산 생활로써 족하다 생각하였을까, 입영하라는 말을 꺼내지 않았다. 숙소를 시내에 있는 여관에 정해 두고 주로 견학만 시켜주었다. 견학은 장교를 따라 주로 조지훈이나 필자가 질문을 하였고 두진은 언제나 한 발자국 뒤처져 따라왔다.

그러고는 수첩에다 설명을 열심히 기록하기만 하였다. 통제부에서는 커다란 포砲가 바다로 향하여 포구砲口를 치켜들고 있는 것이 무척 인상적이었다. 포신砲身이라는 말을 그때 처음 배웠다.

근로는 나날을 풍요롭게 하고 술은 일요일을 행복하게 한다.

—보들레르

견학이 끝나면 밤에는 친구들과 어울렸다. 당시 진해에는 월 하月下 김달진金達鎭이 있었다. 그 외에도 숱한 문우들이 모여 술자리가 베풀어졌다. 그것이 연일 계속되었다.

지훈은 술자리에서 궁둥이가 질기기로 이름났지만 기분이 내키면 실로 엄청나게 술을 마셨다. 필자도 그 당시에는 지훈에 못지않은 주량이었다. 다만 두진만 당시 안양교회에서 장로직을 맡고 있었기 때문에 술을 입에 대지 않았다. 술자리에 어우러지면 지훈은 그 우렁차면서 시원한 목청으로 곧잘 시를 낭독하였다. 눈 가장자리가 분홍빛으로 물들은 지훈의 시 낭독은 참으로 매혹적이었다. 시 낭송이 끝나면 그의 독특하게 소탈한 웃음소리로 껄껄거리며 자리에 앉았다.

혹은 술이 거나해지면 호걸답게 큰소리로 호령을 하는 것도 지훈의 버릇이지만, 그렇다 하여 주정을 부리는 일은 절대 없었다. 필자도 술버릇이

어지러운 편은 아니었다. 그러나 즐겁게 마시기로는 지훈이나 필자나 다를 바 없었다.

월하는 술자리에 어울리면 한자리에 오래 마시려 하지 않았다. 진해에서도 1차, 2차, 3차를 거쳐, 또 누구네 집으로 가서 술을 마시고 거의 새벽녘이 되어 여관으로 돌아왔다. 그동안 두진은 끝끝내 따라 다녔다. 물론 술자리에서 허튼 소리 한마디 하는 일이 없으며 노래 한 가락 뽑는 일이 없었다. 단정하게 옆 자리에 앉아 시종일관 미소를 머금고 있었다. 그로서는 그런대로 즐거운 모양이었다.

여행은 인간을 겸허하게 한다. 세상에서 인간이 차지하고 있는 입장이 얼마나 하찮은가를 두고두고 깨닫게 하기 때문이다.

—G. 플로베르

아침에는 셋이 이부자리 속에 나란히 배를 깔고, 어린 날의 이야기, 가정 사정, 잊혀지지 않는 음식 이야기를 한두 시간쯤 지껄였다. 우리 셋은 그 여행 중에서 비로소 서로의 전부를 이해할 수 있었던 것이다.

신의 관념은 광명이다. 사람을 인도하고 기쁘게 하는 광명이다. 기도는 그 광명의 양식이다.

—H. 주벨

어느 날에는 지훈과 내가 과음한 탓으로 늦잠을 자고 있는데 두진의 찬송가 소리를 듣게 되었다. 그는 잠자리에서 일어나면 두 손을 모아 쥐고 오래오래 기도를 하였다. 마르고 여원 그가 단정하게 꿇어 앉아 기도하는 모습은 뜻밖에 나이 들어 보이고 엄숙해 보이기도 하였다.

남에게 너의 비밀을 지키게 하려면 먼저 너 자신이 지켜라.   —L. A. 세네카 그의 기도 내용을 내가 알 바 아니지만, 그 당시 두진에게는 남모르는 고민과 기쁨이 샘솟고 있었음을 훗날에 나는 알게 되었다. 여류 아동문학가 이희성李禧成과의 사랑이 그 당시에는 싹트고 있었던 것이다. 지훈도 그 소탈한 웃음 속에 남모르는 비밀이 감추어져 있었던 것이다.

그대와 마주 앉으면
기인 밤도 짧고나.
희미한 등불 아래
턱을 고이고

단 둘이서 나누는
말 없는 얘기.

나의 안에서
다시 나를 안아주는
거룩한 광망光芒
그대 모습은

운명運命보담 아름답고
크고 밝아라.

이것은 지훈의 〈사모思慕〉의 1절이다. 희미한 등불 아래 마주 앉은 그 상대가 누구라는 것을 필자는 알 듯하지만, 모든 것을 다 털어놓는 듯하면서 자기의 비밀을 털어놓는 일이 없는 것이 지훈의 성격적 일면이기도 하다. 그러므로 굳이 내가 밝힐 바가 아니다.
어쨌든 진해에서만 5일을 유하고 우리는 평생 단 한 번의 엄청난 호화

판 여행을 하게 된 것이다. 즉 진해에서 부산까지 우리 세 사람을 위하여 군함 한 척을 내어준 것이다. 우리는 그 L. S. T를 타고 '롤링', '피칭' 이라는 말을 배웠다.

1주일 동안 함께 여행하면서 두진은 입을 다물고 크게 한 번 웃는 일이 없었다. 그러나 서울역에 내리자 그는 우리들의 소매를 붙잡으며 말했다.

"목월, 일생에 가장 유쾌한 여행이었어."

이 두진의 말에 우리 두 사람은 새삼스럽게 가슴에 뿌듯한 우정을 느꼈던 것이다.

9

대구에서 서울로 자리를 옮기게 된 것은 1958년 가을, 이화여고에서 교편을 잡게 되었다. 이화여고는 구관 앞에 황금빛으로 물들기 시작한 해묵은 은행나무가 인상적이었다. 또 그것이 유서 깊은 학교의 전통을 상징해 주는 것 같았다.

꿀벌이 다른 동물보다 존경되는 것은 부지런하기 때문에서가 아니고 다른 자를 위해서 일하기 때문이다.

—R. M. 크리소스톰

첫 부임 날 내가 등교하자 이미 직원 조회가 열리고 있었다. 직원 조회에서 토의되는 안건은 '베드로' 할아버지의 회갑 잔치에 관한 것. 40년 동안 학교를 위하여 봉사해 온 노수위를 위하여 신봉조辛鳳祚 교장은 그분이 여생을 보낼 수 있는 집을 마련하고 그분의 회갑잔치에 학생들을 동원하여 합창을 불러주자는 것을 제의하였다.

294

아무리 평생을 봉사해 온 분이라지만 일개 수위를 위하여 그처럼 성대한 잔치를 베풀어주자는 제의를 신봉조 교장은 지극히 당연한 이야기처럼 말하고 있었다.

그대가 얼마나 많은 사람들에게 존경받는가 하는 것보다도 어떠한 사람들한테서 존경을 받는가 하는 것이 가장 중요한 문제다.

—L. A. 세네카

그 후 나는 이 키가 나지막하고 지극히 자유주의적인 사상이 몸에 밴 교장 선생을 교육자로서보다 한국의 한 지성인으로서 존경하게 되었다. 그분은 일제의 질곡에서 겨우 벗어난 한국 교육계에 새로운 이념을 불어 넣고, 그것을 확립 실천하기 위하여 몸소 진력할 뿐 아니라 젊은 교사들에게 깊은 인격적 감화를 베풀어주었다.

직원실—나의 건너편에는 시인 박태진朴泰鎭, 옆에는 독문학 자獨文學者 정경석鄭庚錫 씨가 책상을 나란히 하고 있었다. 또한 수업을 하다가 창밖으로 교정을 내려다보면 본관 앞 조그만 연못가에 작곡가 김순애金順愛 씨가 혼자 우두커니 앉아 있는 모습이 눈에 띄곤 하였다.

화가 이인성李仁星 씨가 학생들의 그림을 지도하고 있었다. 이씨는 무척 얌전한 분이었다. 평소에는 거의 말이 없이 베레모를 비스듬히 쓰고 직원실을 기웃거리다가 연구실로 가버리곤 하였다. 하지만 일제 때 선전鮮展 특선을 거듭한 이 얌전한 화가는 술을 사랑하였으며 또한 술이 취하면 엉뚱한 사건을 저지르곤 하였다. 한번은 술에 만취되어 야반에 ○○서署를 찾아갔다 한다. 그러고는,

"무기고를 점검해야겠어"

하고 호통을 쳤다. 무기고를 점잖게 둘러보곤,

"됐어, 됐어"

하며 고개를 끄덕거렸다. 숙직 경관이 좀 수상스러워,

"누구신가요?"

물었다. 그러자 이씨는,

"아, 이화여고의 이인성을 몰라?"

하고 호령을 하였다.

물론 이 사건으로 월여 동안 경을 치고, 좋이 고생을 하였다. 지금은 전설 같은 이야기이지만 끝내 그는 6·25사변 때 술로 말미암아 비명에 세상을 떠나게 되었다. 애석한 일이다. 이인성 씨와는 사변이 나던 해 이월에 필자와 둘이서 당시 동화백화점에서 시화전을 가졌다. 파스텔화 50여점을 시에 곁들여 전시하였다. 하지만 전혀 팔리지 않아 비용조차 뽑지 못하였다.

청록파의 전성시대

1948년에서 사변이 날 때까지 2년 남짓한 시일은 우리 청록파의 전성시대. 지훈과 나의 주변에는 소녀들(여자 대학생을 우리들은 그렇게 불렀다)의 문학 서클이 몇 개나 맴돌고 있었다.

그 멤버 중 몇 사람이 김동리와 필자를 초대하여 가평加平으로 놀러갔다. 축령산祝靈山 기슭에 있는 그들의 친척집에서 하루를 묵었다. 눈이 길길이 쌓인 촌락에서 우리는 정담이 아닌 문학담으로 밤을 지새운 것이다. 그리고 그뿐이었다. 북만주에서는 겨울이 되면 불꽃이 얼었다가 이듬해 봄에 녹아 비로소 화염을 내뿜는다는 우스갯소리가 있지만 실로 하얗게 결빙된 젊음의 불꽃, 그것은 뜨겁게 불사르는 것만 못잖게 정결하고 아름다울 수도 있는 것이다.

누구를 사모하느뇨.

아뇨.

스스로 목이 타오르는

작은 짐승……

산山으로 가자.

저 산으로 가자

눈 덮인 묏부리

송뢰松 　속에

산새처럼 하룻밤

울어보아 자보아 새우고 오자.

서울은

멀고

산은 높이

아득하고

달은 휘영청

밝기도 하고

눈은 희기도 하고

노루 한 마리

이런 밤에

불빛이 그리워

마을로 온다.

당시에 쓴 〈축령산祝靈山〉이라는 졸작.

　슬프다 슬프다 하여도 생이별보다 더 슬픈 것은 없다.
　悲莫悲於生離別　　　　　　　　　　　　　　　—《초사楚辭》

그 멤버 중 한 사람은 1·4후퇴 시 갈월동 쌍굴다리 옆에서 헤어졌다.

그녀는 이승의 마지막일지도 모르는 작별을 위하여 성북동까지 일부러 걸어가서 지훈을 만나보고, 돌아오는 길에 필자를 찾아왔다. 그리고 갈월 동까지 걸어와서, 이미 시민들이 피난을 가버린 적적한 골목길에서,

"몸조심 하세요, 안녕."

허리를 굽혀 보였다. 그리고 그녀는 내처 평생 동안 자기의 길을 가버렸다.

10

바쁘면 슬픔이 잊혀진다.　　　　　　　　　　　　　　　　—G. G. 바이런

모윤숙毛允淑 씨가 《문예文藝》지를 발간하면서 우리들의 본거지도 후라 워 다방에서 문예 빌딩(당시 동방생명보험회사 자리) 지하 다방으로 옮기게 되었다. 그 다방에는 언제 들러도 몇 사람의 문우들을 만날 수 있었다. 《문예》지의 실질적인 주무자는 조연현趙演鉉이었지만 그는 좀처럼 다방에 서 한가한 시간을 보내는 일이 없었다.

바쁘고 분주했다. 지하 다방에서 자주 만날 수 있는 사람은 김윤성金潤 成. 홍구범洪九範. 조지녑 등의 신인들이었다.

참말 매력 있는 인간은 절대로 무엇이나 아는 인간 하고 절대로 아무것도 모 르는 인간 하고 두 종류뿐이다.　　　　　　　　　　　　　—O. 와일드

김윤성은 말이 없이 한편 구석에 앉아 원고 같은 것을 주무르고 있었다. 그리고 아는 사람이 나타나면 싱긋이 웃어 보이는 것이 인사였다. 아무런 뜻도 없어 보이는 그의 싱거운 미소가 이상하게 사람의 마음을 사로잡는 매력을 가지고 있었다.

홍구범은 《문예》지의 추천을 통하여 등장한 소설가이다. 그는 옆구리에 노상 두툼한 서류 봉지를 끼고 드나들었으며 자리에 앉으면 옆 사람의 눈치를 살피는 일 없이 큰 소리로 떠들어 대는 호인 타입의 위인이었다.

조지념은 《동아일보》 문화부에 있는 기자지만 청년문협靑年文協의 사무를 그가 전담하다시피 알뜰히 보살펴주는 침착하고 단정한 청년이었다. 홍이나 조는 6·25 때 모두 행방불명이 되었다.

김동리는 《경향京鄕》에서 《신천지新天地》로 자리를 옮기게 되고 서울신문사에는 청천聽川 김보섭金普燮 씨가 출판국 일을 맡아보고 있었다. 간혹 우리가 출판국을 찾아가도 그는 좀처럼 얼굴에 표정 지어 보이는 일이 없었다. 막연한 표정으로 상대를 건너다보는 것이 그의 독특한 표정이기도 하였다.

필자도 그 당시에 두세 가지 잡지에 관계하고 있었다. 하나는 필자가 직접 경영하는 《여학생女學生》이나 《시문학詩文學》이요, 다른 하나는 문총에서 발행하는 《민족문화民族文化》였다. 전자는 김재인金在寅 씨의 도움으로 광화문에 의젓한 사무실을 가지고 있었다. 경향신문 출판국에서 발행하는 《부인경향婦人京鄕》이 1500부 정도의 발행 부수를 가지던 그때에 《여학생》은 2만 5000부를 발행하였다. 그리고 한 부의 반품도 없었다. 《시문학》도 2000부. 첫 호는 필자가 편집하고, 2호는 지훈이 편집하였다. 돌려가며 편집하기로 처음부터 약속하였던 것이다. 《민족문화》는 문총 기관지로서 지금의 시경 자리(금천대金千代 빌딩)가 당시의 문총회관이었다.

삶에 관해서 생각하는 것을 제외하면 삶에는 아무것도 없다.

—W. 스티븐스

《시문학》 2호는 편집을 맡아보던 지훈이 필자를 찾아와서 모처럼 상경한 청마靑馬 유치환柳致環을 중심으로 좌담회를 가지자 하였다. 다음 날 저녁 명동성당 앞에 있는 어느 요정에서 우리들이 모였다. 청마와 술자리를 함께하기는 그날이 처음이었다.

"시인이 싸전가게 주인하고 다를 게 뭐꼬."

청마가 웃으며 말했다. 그는 술이 취하면 무턱대고 호탕하게 큰 소리로 웃는 버릇이 있었다. 한마디 하고는 으하하 웃곤 하였다.

"그게 무슨 소리지?"

지훈이 물었다.

"하아, 다 사는 일이다. 그 말 아닌가."

"누군 사는 거지, 죽는 거냐."

인생은 굉장하지만 생의 끝은 죽음이다. 그것은 온갖 사람의 소망의 구극이기 도 하다.
—스윈번

"앙이야. 싸전가게 주인은 그 나름대로 싸전가게를 벌여놓고 인생을 배우고 시인은 시를 쓰면서 인생을 배우지. 시는 도야. 도를 닦는 일이란 말이야."

그날은 모두 대취하였다. 청마의 노래를 듣게 되었다. 우리는 요정을 나와서 또 한 군데를 들렀다. 지훈이 앞장서서 종로 뒷골목에 있는 어느 안방집으로 갔던 것이다. 술을 마셔 얼굴이 문어처럼 새빨갛게 달아오른 청마가 웃고 있더니, 어느 녘에 주위가 잠잠해졌다.

"청마는?" 하고 우리들이 둘러보았을 때 그는 이미 달아나 버리고 말았다. 술이 취하면 살그머니 가버리는 것이 청마의 버릇이라는 것을 나중에 알게 되었다.

그 무렵 어느 날 서울 역전에서 우연히 김모씨를 만났다. 그는 저명한 성악가요, 그의 부인도 작곡가였다. 우리는 각별한 사이는 아니었으나 그의 부인은 지훈과도 아는 사이였다. 우리는 비어홀에 들어가서 대작하였다. 술이 거나해지자 굳이 자기 집으로 가서 밤새껏 마시자는 것이었다.

나는 별로 기분이 내키지 않았으나 그를 따라갔다. 그러자 집에 들어서면서 자기 부인에게 주정을 부리기 시작했다. 나는 도저히 참고 앉아 있을 수 없었다. 11시 통금이 지났으나 뛰쳐나왔다. 몇 자국 떼어놓지 못하고 병영 입구의 파수병이 겨누는 총구가 가슴에 와 닿았다. 새벽 3시까지 문초를 당했다. 지금까지 통금을 어겨본 일은 그 당시 딱 한 번, 새벽 3시에 풀려 나왔지만 집까지 걸어갈 수 없었다. 가까이 있는 곽종원을 찾아가 문을 두드렸다. 가슴에 총이 와 닿는 싸늘한 냉기冷氣를 나는 평생에 처음으로 경험한 것이다.

11

신뢰는 강제에 의하여 이루어지는 것은 아니다. 인간에게 신뢰를 강제할 수는 없다.
—D. 웹스터

6·25—그날은 일요일이었다. 정오쯤 명동 거리를 지나고 있었다. 지금 본전다방本錢茶房 근처 어느 약국에서 틀어놓은 라디오를 통하여 북괴의 침범 뉴스를 처음 들었다. 휴가 장병은 빨리 본대로 돌아가라고 거듭 외치고 있었다. 일이 심상하지 않다는 예감이 들었다.

그 길로 성북동에 있는 지훈을 찾아갔다. 그는 낮잠을 자고 있었다. 5시쯤 한강 가에 있는 집으로 돌아오는 길에 갑자기 기관총 소리가 들렸다. 그리고 여의도 비행장을 습격한 북괴군 비행기 한 대가 동으로 달아나는 것을 보았다. 이튿날은 월요일, 사태가 급격하게 악화되어 갔다. 그러나 우리는 사태를 바르게 파악하지 못했다. 피난 갈 생각조차 하지 않았다. 그만큼 정부에 대하여 우직스럽게 신뢰하고 있었다.

27일 아침 정신여고貞信女高에 갔었다. 정신에서도 작문을 가르치고 있었던 것이다. 첫째 시간이 끝나고 직원회가 열렸다. 안건은 놀랍게도 수업료 독촉에 대한 것. 나는 그 길로 문예 빌딩으로 향하였다. 거리에는 피난민이 밀어닥치고 농우를 몰고 농부들이 방향 없이 걸어가고 있었다.

절망이란 것보다 더한 신에 대한 불신은 없다. 아무리 작은 일이라도 아무리 큰일이라도 그것은 위대한 신의 계획의 일부이기 때문에 아무리 어려워도 따라가지 않으면 안 되는 것이다.

—M. 뮐러

《문예》지 편집실에 고의동高義東 선생을 비롯하여 문총 간부들과 문화인들이 거의 모여 있었다. 다 모여보았자 백여 명에 불과한 식구들이었다. 비장한 회의가 열렸다. 결론은 끝까지 투쟁하다가 조국과 함께 운명을 같이하자는 것이었다.

비상국민선전대가 결성되었다. 그리고는 문예 빌딩 지하실에 거적을 깔아두고 농성할 준비를 하였다. 저녁이 되자 이미 미아리 쪽으로 포성이 들리고 비가 쏟아졌다. 공중인孔仲仁의 불을 뿜는 애국시 낭독이 라디오를 통하여 올려 퍼지고 있었다. 밤이 되자 남은 사람은 조지훈, 서정주, 이한직, 필자 네 사람뿐이었다. 밤 11시경 우리는 정훈국(현 증권거래소)으로 찾아갔다. 이선근李瑄根 선생이 당시 대령으로 국장이었다. 우리들을 맞이하는 이선근 씨의 그 비감한 표정. 우리는 사태가 절망적임을 직감하였다. 그분은 찬 정종을 컵에 따라주었다.

연거푸 서너 잔씩 들었다. 밖에 나오니 칠흑 같은 밤. 비는 여전히 내리고 있었다. 어디로 갈 것인가 막막하였다. 우리들은 한강 가에 있는 미당 친척집으로 갔다. 서로의 고독감으로 말미암아 우리는 헤어질 수 없었던 것이다.

지훈은 집을 나올 때 냉수를 떠 놓고 가족들과 마지막 결별을 하였다 한다. 실지로 그것이 그의 아버지와 이승의 마지막 결별이기도 하였다. 미당친척집은 바로 우리 앞집이기도 하였다. 그 집 이층 육조방에서 우리는 밤을 새웠다. 앞으로 어떻게 할 것인가. 죽든 살든 행동을 함께하자는 결의는 쉽게 이루어졌으나 앞으로 행동할 일이 막연했다.

"어차피 죽기는 죽겠지만 개죽음을 해서는 안돼." 지훈의 말이었다. 밖에는 국군들이 떼를 지어 한강 쪽으로 밀리고 있었다. 그 집 창밖으로 건너다보는 우리 집. 나는 가슴이 메이는 것 같았다.

날이 밝거든 안양에 있는 두진을 찾아가자.

의논이 되었다. 낮에 우연히 남대문 근처에서 두진을 만났던 것이다. 그는 삼덕제지(그의 근무처)에 다녀오는 길이었다.

"목월. 갈 곳 없거든 내게 와. 보름쯤 숨을 수 있을 거야."

그가 말했던 것이다. 그 두진의 말을 상기했기 때문이다. 밤중에 유리창이 흔들리도록 꽝하는 소리가 울렸다. 이튿날 그것이 한강교를 폭파하는 소리임을 알 수 있었다.

운, 불운은 칼과 같다. 그 칼날을 쥐느냐 칼자루를 쥐느냐에 따라 우리들에게 상처를 입히든가 쓸모가 있든가 한다.

—J. R. 로웰

미당 친척집에서는 고맙게도 이른 아침에 밥을 지어주었다. 아무도 숟갈을 드는 사람이 없었다. 겨우 몇 술 떠먹었으나 밥이 모래알 같았다. 나는 일행과 헤어져 가족들과 마지막 작별을 하려고 집으로 갔다. 문 안에 들어서자 가장과 아버지를 쳐다보는 가족들의 눈, 그것은 엄숙하였다. 흡반吸般같이 전신을 끌어당기는 것이었다. 그 눈을 저버리고 나만 달아날 수 없었다. 나는 그들 옆에 늘어져 누워버렸다. 운명에 맡길 도리밖에 없었다. 10시쯤 되자, 박노설 군이 찾아왔다. 당시 박군은 신학교에 다니고 있었다.

"선생님. 용기를 내야 합니다. 놈들에게 잡히면 죽게 됩니다. 우리 고향으로 갑시다. 한 달은 무슨 일이 있어도 숨어 있을 수 있습니다."

그의 말에 아내가 용기를 되찾았다. 그녀는 내가 달아날 준비를 해주었다. 가족들과 함께 피난 간다는 것은 생각조차 못했다. 전선戰線이 우리들을 앞지르게 되고 길에서 가족들을 죽일 것만 같았기 때문이다.

나는 이승에서 마지막일지 모르는 결별을 위하여 어린것들을 포옹해주고 박군과 함께 한강을 건넜다. 한강 저편에서 바라보는 서울. 나는 모랫벌에서 대성통곡하였다. 그리고 그날 저녁에는 박군과 함께 수원역水原驛에 가마니를 덮고 잤다. 비가 갠 하늘에 보름달이 찢어지도록 밝았다.

12

수원 역전에서 가마니때기를 덮고 밤을 새운 박노설과 나는 이튿날(6월 29일) 남으로 향하여 길을 떠났다. 오산 못 미쳐 고갯길을 넘다가 남쪽 하늘 끝에 까뭇거리는 제트기 편대를 발견하였다. UN군이 참전한 것을 알게 되었다. 그 순간의 감격이야말로 평생 잊을 수 없을 것이다.

그날은 평택역전의 낡은 여관방에서 자고 이튿날 새벽 남행 열차를 탔다. 박군과는 천안역에서 헤어지고 나는 대전으로 갔다. 한복 차림으로 병거지를 쓰고 대전에서 7월 11일까지 있었다. 유엔군이 서울을 탈환하면 그들을 따라 되돌아가기 위해서다. 그러나 그것은 지나치게 낙천적인 기대였다. 전세는 날로 험악해졌다. 7월로 접어들면서 계속 장마가 졌다. 어느 날 대전역전으로 나가보았다.

광장에는 억수같이 퍼붓는 빗발 속에 외무장관이던 임병직林炳稷 씨가

자동차 안에 우두커니 혼자 앉아 있었다. 빗발을 물끄러미 바라보는 그의 심각하고 우울한 표정의 옆얼굴. 그것이 당시의 절망적인 사태를 단적으로 상징해 주고 있었다.

자살, 그것은 신이 인생의 온갖 형벌 중에서 인간에게 부과한 으뜸가는 은혜다.
—T. 리비우스

대전을 떠나기 전에 나는 어느 약방에 들러 청산가리를 구했다. 약방의 젊은 주인은 여차하면 죽을 도리밖에 없는 나의 사정을 듣고 하얀 캡슐 속에 약을 마련해주었다. 그와 같은 사정이 통할 만큼 당시의 정세가 급박했던 것이다.

대전에서 떠나는 마지막 피난 열차를 타고 11일 낮쯤 남하하였다. 고향(경주)으로 가서 잠시 유하다가 7월 17일에 대구로 나와 문총 구국대에 합류하였다. 정훈국의 알선으로 어느 민가에 방을 얻어 피난 온 문화인들이 합숙하고 있었다. 조지훈, 구상具常, 이흥열李興烈, 박화목朴和穆, 서정주, 이한직, 김윤성 등등 20~30명이 대청을 터놓은 커다란 방에 함께 거처하였다.

정훈국의 부탁으로 전단을 써주곤 하였다. 전단은 주로 서울 상공에서 뿌려진 것으로 '친애하는 서울 시민 여러분……' 이라는 허두로 시작되었다. 하지만 이처럼 의례적이요, 단순한 문구에 가슴이 미어질 듯한 실감을 느끼곤 하였다. 이 전단 조각을 우리들의 가족들이 주워 읽게 될지도 모르리라는 희망과 더불어 우리들이 표시할 수 있는 애국적인 심정의 표현이기도 하였기 때문이다.

훌륭한 사람은 설사 의견을 달리할 경우는 있어도 그로 말미암아 우정을 해치는 일은 결코 없다.
—V. 몬티

참으로 그 당시 가까운 전선에서 쏘는 포로 말미암아 종일 울컥울컥 지동地動을 하는 막막한 지역에서 지방인들이 보여준 우정은 눈물겹도록 고마웠다. 문총 지부장인 이효상 선생을 비롯하여 이윤수·이호우 등등 자기네 일처럼 우리들을 보살펴주었다.

우리들은 8·15를 앞두고 문화인 궐기대회를 가지기로 하였다. 장소는 만경관. 대회는 문총구국대가 정훈국에서 후원하였다. 문총구국대의 대장은 조지훈. 내가 총무를 맡고 있었다. 그러므로 우리들이 궐기문을 초안하고 또한 그것을 낭독하지 않을 수 없었다. 일이 진행되는 동안 서정주는 발병하여 병원에 입원하였다. 그는 극도의 신경쇠약증에 걸려 있었다.

대회가 열리는 날 새벽에 지훈과 나는 가지런히 누워 심각한 대화를 나누게 되었다. 오늘 우리들이 낭독하게 될 애국 시나 궐기문은 틀림없이 적이 청취하게 될 것이다. 그들에게 우리들의 애국적인 태도를 보여주는 것이 이 대회의 목적이기도 하였다. 하지만 문제는 서울에 두고 온 가족들의 안부였다. 적을 자극하게 되면 무도한 괴뢰집단이 우리들의 가족에 대하여 어떤 박해를 가하게 될지 모를 일이었다. 그것이 걱정이었다.

애정은 가정에 유숙한다.　　　　　　　　　—프리니우스 2세

대의명분이 서는 일을 위해서는 언제나 의젓한 지훈도 가족들의 안부를 걱정하는 지극히 자연스러운 인간적인 애정에는 구애되지 않을 수 없었다. 그는 심각한 표정으로 천장을 노려보고 있었다. 말없이 굳어진 표정으로 천장을 노려보는 그 가슴에 내왕하는 생각을 나는 충분히 짐작할 수 있었다.

"도리 없지."

이윽고 그는 중얼거렸다. 그것은 가족들에 대한 또 한 번의 결별을 의미하는 것이었다. 대회는 대성황이었다. 우리는 힘차게 낭독하였고, 궐기문

을 소리 높이 부르짖었다.

9월 24일. 지훈과 나는 도망하는 적의 꼬리를 물고, 반격전을 가하는 중부전선으로 종군하게 되었다. 궤멸해 도망가는 적을 뒤쫓아가며 쳐부수는 싸움이었다. 장병들의 얼굴은 생기가 차 있었다. 26일 밤에는 신림에서 유하게 되었다.

원주를 지척에 두고 치악산雉岳山 기슭에 있는 이 조그마한 마을(신림리神林里)에는 보름달이 대낮같이 밝았다. 옥수수의 무성한 잎사귀가 유감有感한 그늘을 이룬 마을 골목길에는 풀벌레가 요란스럽게 울고 있었다. 모닥불을 피워두고 쉬고 있는 병사들 틈에 끼어 있던 지훈은 가슴을 더듬어 내가 나눠준 청산가리의 캡슐을 꺼내었다. 그리고 나와 함께 그것을 모닥불 속에 힘껏 팽개쳤다. 겨우 우리는 죽음의 고개를 넘어 서로 건너다보며 빙긋 웃었던 것이다.

구강산九江山의 청록青鹿

《청록집青鹿集》은 해방된 이듬해, 1946년 6월에 발간되었다. 박두진·조지훈과 함께 15편씩 모아 엮은 것이다. 모두 일제 시대에 써두었던 작품들이다. 또한 민족진영에서 출판된, 해방 후의 첫 순수시집이기도 하였다.

내ㅅ사 애달픈 꿈꾸는 사람
내ㅅ사 어리석은 꿈꾸는 사람

밤마다 홀로
눈물로 가는 바위가 있기로

기인 밤을
눈물로 가는 바위가 있기로

어느 날에사
어둡고 아득한 바위에
절로 임과 하늘이 비치리오.

　　　　　　　　　　　　　　　　　　　　—〈임〉전문

　그 시집에 수록된 작품 중의 하나이다. 언제 밝을지도 모르는 '기인 밤' 같은 일제 말기에 몇 줄의 시를 써서, 그 자신을 달래던 '애달픈 꿈을 꾸는 사람'—그것은 서정시인으로서 나 자신이요, 어느 의미에서 우리 겨레일 수도 있었다.

1939년에 나는 추천을 끝내었지만, 또한 그것이 비교적 시단의 호평을 받아, 밝은 앞길을 약속해 주는 것이기도 하였지만, 우리에게는 시를 발표할 길이 막혀버린 것이다. 《문장》지와 더불어 모든 신문과 잡지가 폐간을 당하고, 우리 문화를 말살하려는 일제의 가장 악랄한 탄압이 가해지기 시작하였다.

1941년의 태평양 전쟁으로까지 진전된…… 일본은 강력한 전시 체제를 갖추는 것과 아울러 그들에 대한 정책을 철저한 한국 말살 정책으로 이끌어갔다. ……1941년 이후 우리의 민족과 생존은 있었으나, 우리의 문학 활동은 사실상 공백 상태로 들어가지 않을 수 없었다. 8·15해방이 올 때까지 문학은 우리 민족의 양심과 함께 침묵 속에 빠져갔다.

조연현 씨의 말이다. 이와 같은 상황 속에서 시를 쓴다는 것이 부질없는 일일 수 있다. 하지만, 민족의 양심과 함께 침묵 속에 빠져간—그 침묵 속에서 나는 '하늘과 님'을 희구하며 돌을 가는 작업으로써 시를 쓴 것이다. 돌은 곧 나 자신의 심적인 절망과 억압과 울적함의 표상이요, 그 돌결을 가는 고된 작업은 나 자신의 정신 자세를 바로잡으려는 염원이요, 삶의 길을 희구하는 기도일 수 있었다.

'어느 날에사/어둡고 아득한 바위에/절로 님과 하늘이 비치리오'라는 이 구절이야말로 나의, 혹은 우리들의 가장 처절한 절규라 할 수 있다. 물론 님은 조국이요, 하늘은 광복을 의미하는 것이다. 다만 이 구절에서 '절로'라는 말에 악센트가 놓여 있다. 처음 이 구절은 '어느 날에사 스스로 임과 하늘이 비치리오'라고 노래하였다. 하지만 '스스로'나 '절로'나 그 뜻에서는 별로 다를 바가 없다. 우리의 능력으로서는 가능하지 못하다는 뜻이다. 그러므로 님과 하늘이 비치는—조국의 광복은 인간 이상의 능력이 이루어주시게 되리라는 체념과 또한 그 초인간적인 신에의 기원으로

써 하늘을 우러러보지 않을 수 없는, 절박한 절망이 우리를 억누르고 있었던 것도 사실이다. 그것이 절대의 궁지에서 내가 의지할 수밖에 없는 '신에의 신뢰'의 표현이기도 하였다. 신은 우리 겨레를 저버리지 아니하고, 님과 하늘을 베풀어주리라는 기대와 기원 속에서, 우리는 암흑한 시대의 심연 속에서 참아온 것이다. 그러므로 그것은 '스스로' 획득할 수 있는 님과 하늘이기보다는 '절로' 우리에게 베풀어지는 것일 수 있었다. 즉 우리들의 소원 성취를 세월에 맡겨버리기는 하나, 결코 절망하지 않겠다는 것이 '절로'라는 말에 깃들어 있는 표현적인 뉘앙스라는 뜻이다.

'절로'는 그 당시 내가 즐겨 입을 담던 말이기도 하였다. 그야말로 시적 표현을 빌면 '절로'라는 한 개의 어휘 안에 나는 겨우 숨쉴 자리를 발견할 수 있었기 때문이다. 우리의 운명이나 소망은 산 절로 수 절로에 맡겨버리는 체념과 또한 자연의 섭리에 대한 수긍과 동화를 통해서만 그 어둡고 답답한 시대 속에서 자신을 지탱할 수 있었던 것이다. 그럼에도 이 작품은 '비치리오'라는 자탄적인 반문으로 이루어져 있는 것이다. 아무리 우리의 운명이나 소원을 자연의 섭리에 맡겨버려도 그것으로 안주할 수 없는 안타깝고 애타는 심정을 완전히 떨쳐버릴 수 없었던 것이다.

이 작품은 한탄적, 직설적인 형식으로 이루어져 있다. 기도적, 호소적인 작품에서 다양스러운 메타포가 번거로울 수 있기 때문이다. 다만 밤마다 홀로 가는 바위가 있기로, 기인 한밤을 눈물로 가는 바위가 있기로— '바위가 있기로'를 거듭한 것은 음악적 정돈을 위하여 회전과 반복을 시도한 것으로, 이 회전을 통하여 유연柔軟한 탄력을 가지게 하며, 애련한 정서를 표출시키게 되는 것이다. 하지만 작품에서 이와 같은 반복은 정서가 표면으로 흐르기 쉽고, 작품이 가난하고 단순해질 우려가 있는 것이다.

송화松花 가루 날리는
외딴 봉오리

310

윤사월 해 길다
꾀꼬리 울면

산지기 외딴 집
눈먼 처녀사

문설주에 귀 대이고
엿듣고 있다.

— 〈윤사월閏四月〉 전문

이 작품의 중요한 모티브는 '윤사월閏四月' 과 '눈먼 처녀' 이다.

윤사월은 사월보다 정서적인 달이다. 그것은 월력상 거듭되는 달로서, 덤으로 얻게 되는 것의 여유餘裕와 되풀이되는 것의 음영을 간직하고 있다. 젊은 날에 맞이하는 '또 하나의 사월' 은 햇볕이 두터워지고 계절이 꽃에서 잎으로 옮아가는 사월과는 다른, 계절적인 착오감과 회상적인 애수를 머금은 달이다.

그 정서적인 '윤사월' 과 '눈먼 처녀' 와의 관계를 설명하기는 어려운 노릇이다. 시는 어느 면에서는 설명이 불가능한 것으로, 그 수상한 눈짓과 신비 속에 생명이 살아 있는 것이다. 밝고 평화스러운 자연 속에 인간의 숙명적인 비극성과 어두운 운명을─혹은 자연의 섭리와 대조적인 것으로, '눈먼 처녀' 의 어두운 내면적인 고뇌를 부각浮刻시키려는 것일 수 있다.

처음 떡을 받아 든 아내는 고맙다는 듯이 영감을 쳐다보며 또 한 번 비죽이 웃어 보였다. 그러나 비상 빛깔을 짐작할 줄 아는 그녀는 떡 속에 섞인 그 거무스레한 것을 발견한 다음 순간, 무서운 얼굴로 한참 동안 영감의 낯을 노려보고 있었다.

　먼 영에서 뻐꾸기 우는 소리가 들렸다.

　이윽고 여인은 모든 것을 이해하고 얼굴을 수그렸다.

　이것은 김동리 씨의 초기 작품 〈바위〉 한 대문이다. 그 소설의 주인공 술이 엄마는 문둥이였다. 남편은 그녀가 측은하고 불쌍하였다. 측은하고 불쌍하기 때문에 그녀에게 비상 섞인 떡을 가져다준다. 위의 대문은 그 장면이다. 그러나 문둥이인 그녀는 그것이 비상 섞인 떡임을 알게 되고 자기를 죽이려는 남편의 심중을 짐작하게 된다. 이 인간의 비극적인 운명의 절정에서 김동리 씨는 먼 영에서 뻐꾸기 소리가 들려오는 자연의 한 콤마를 보여주는 것이다. 인간의 비극적인 운명을 평화스러운 자연과 대비시킴으로 무한히 복잡한 암시적인 진폭을 가지게 한다. 〈윤사월〉도 어느 면에서는 〈바위〉의 이 장면과 서로 통하는 면이 있을 수 있다.

　이 작품에 대하여 장만영 씨가 친절하게 설명하여 주었다.

　송화 가루를 날리는 소나무가 그득 들어 차 있는 외딴 봉우리가 있습니다. 때는 마침 윤사월입니다. 해가 퍽 긴 때입니다. 그 외따른 봉우리 나무 수풀 속에서 꾀꼬리란 놈이 한종일 울어댑니다. 그 울음소리를 산 지키는 산지기네 외따른 집에 사는, 눈이 먼 처녀가 문설주에 귀를 갖다 대고 엿듣고 있습니다. 무슨 행운이라도 찾아오나 하고…….

　이 시는 이처럼 어린이의 동화를 읽는 것 같은 느낌을 주는 작품입니다. 사실 동화를 쓸 줄 아는 이라면, 이 짧은 시 한 편을 가지고 책 한 권이 될 수 있는 긴 줄거리의 이야기를 능히 써 보일 수도 있을 것 같습니다. 과거 동요를 많이 써온 이 시인만이 이런 동심의 세계를 보여줄 수 있지 않을까 생각됩니다. 퍽 곱고 아름다운 작품입니다. 이 시 〈윤사월〉은 2행 4연으로 구성되어 있습니다만, 연마다 7·5 또는 6·5의 정형률定型律을 밟고 있습니다. 첫째 연이 7·5, 둘째 연이

6·5 그리고 끝 연이 7·5─이렇게 되어 있습니다.

　이 시를 가만히 분석分析해 보십시오. 첫째 연에다 '외딴 봉우리'를 놓고 그 외딴 봉우리를 볼 수 있는 가까운 거리에다 '산지기 외딴집'을 배치配置해 놓은 것을 알 수 있습니다. 그리고 그 외딴 봉우리에다가 한종일 울고 있는 '꾀꼬리'를, 외딴집에다가 '눈먼 처녀'를 또한 배치해 놓고, 윤사월을 배경으로 한 편의 시를 구성한 것을 발견하게 됩니다.

─〈현대시現代詩의 감상鑑賞〉 부분

　다만 이 글에서 '동화를 읽는 느낌을 주는 것이다' 함은 눈먼 처녀에 대한 상징의 심각성을 깊이 참작하지 않고, 그 설명이 피상적으로 흘러버린 듯한 인상을 준다.

　이 작품을 쓸 무렵, 나는 마테를링크Maurice Maeterlinck의 작품을 탐독하였다. 특히 그의 〈군맹群盲〉 같은 작품들을. 눈먼 처녀는, 고도에서 죽음을 예감하고 죽음의 발자국 소리를 듣는 장님 떼서리의 〈군맹〉에서 영향받은 이미지일 수 있다. 그러므로 '문설주에 귀를 대고 엿듣고 있는 눈먼 처녀'는 장만영 씨의 해설처럼 '무슨 행운이라도 찾아오나' 하고 기다리는 포즈가 아니라, 보다 불길하고 어두운 것으로 잦아진 이미지로서 눈먼 처녀요, 문설주에 귀를 대는 포즈다. 그와 같은 영상을 '송화 가루 날리는 산 봉우리'의 자연 풍경에 오버랩시킨 것이다. 한마디로 요약하면 윤사월의 너그럽고 밝은 정서와 조화되지 않는 나 자신의 내면적인 어두운 그늘을 노래한 것이라 할 수 있다.

　또한 이 작품의 제2연 '윤사월 해 길다/꾀꼬리 울면'은 음악적인 정돈이 세련되지 못한 느낌을 줄 수 있다. '길다'라는 대문이 처지는 감을 주기 때문이다. 이왕이면 '윤사월 긴 해를……'이라거나, '윤사월 해 길어……'로 다듬을 수도 있는 일이다. 하지만 그렇게 되면 가락이 지나치게 세련되어, 이미지가 노래에만 이바지할 우려가 있는 것이다. 그러므로 길다—라는 서술적·설명적인 둔중한 어투를 일부러 살린 것이다.

　더구나 이 작품에서 표현에 망설인 부분은 '엿듣고 있다'라는 대문이다. 〈윤사월〉은 7·5조의 정형률에 따른 소박하고 단순한 리듬을 지니고 있다. 물론, 이렇게 말하면 정형률은 안이한 것처럼 해석될 수 있으나 내게 있어서는 그것에 의존하려는 의도는 조금도 없었다. 내게는 그것이 내면적·필연적인 것으로 요구되어졌으며, 나 자신도 나의 작품이 정형률을 가지게 됨을 의식하지 못할 정도였다. 이것은 나의 시 세계가 노래하는 정신에 발상되어졌으며, 또한 그것에 얼마나 충실하였음을 증명해 주는 일이다. 하지만 나의 내면에서는 그것을 거역하는 의식이 작용하고 있었다. 그러므로 '엿듣고 있다'를 '엿듣네', '엿듣고 있네'로 고쳐보기도 하였지만, 결코 달가운 것이 못 되었다. '있네'라는, 가벼운 노래조의 영탄적인 어감으로 말미암아 작품이 노래적인 것으로 흘러버리는 느낌이 들기 때문이다. 결국,《산도화山桃花》에 수록할 무렵에 '엿듣네'로 고쳤다가, 다시 그 후 '엿듣고 있다'로 환원시켰다.

　　머언 산 청운사青雲寺
　　낡은 기와집
　　산山은 자하산紫霞山
　　봄눈 녹으면

　　느릅나무
　　속잎 피는 열두 구비를

　　청青노루
　　맑은 눈에

314

도는

구름

—〈청靑노루〉 전문

작자가 자신의 작품에 구구한 해설을 늘어놓는 일은 결코 작품을 위하여 도움이 되는 일이 아니다. 만일 지나치게 과장된 해설은 그 작품의 표현이 불충분함을 자인하는 일이며 미흡한 해설은 독자의 자연스러운 이해의 범위를 축소·한정시켜, 작품의 넓은 공감권을 저해하게 된다. 하지만 때로는 비평가의 편협한 견해에 대한 반발로서 자기 작품을 옹호하려는 무모한 욕망을 가지게 되는 경우도 있는 것이다. 그 좋은 예가 이 작품에 대한 비평가들의 편견이었다. 그들은 이 작품을 '화조풍월花鳥風月'을 노래한 것이라 우겼다. 그것이 해방 직후의 정치적·공식적인 문학이론에 눈이 어두운 좌익 계열들의 공격이고 보면, 그럴 수도 있을 것이다.

청노루

맑은 눈에

도는

구름.

이와 같은 동양적 관조적인 세계가 정치주의적인 편협한 문학관으로써는 이해될 수 없을 것이다. 이것에 대하여 김동리 씨는 다음과 같이 옹호해 주었다.

그들의 심안心眼은 어느덧 '자연'으로 기울어져 오늘의 정치 청년들이 '화조풍월花鳥風月' 운운하고 애써 무시하려는 자연의 발견도 남이 몸으로 지키는 세기적 심연에 직면하여 절체절명의 궁지에서 불러본 신의 이름이었던 것이다.

이 작품이 교과서에 실리게 되자, '청운사'가 어디 있는 절이냐고 질문하는 사람이 있었다. 어느 해설서解說書에서는 '경주 지방의 산중에 있는 절 이름'이라고 친절하게 주해註解를 가한 것을 보았다. 그러나 청운사靑雲寺는 실제의 절 이름이 아니다. 나의 환상의 지도 속에 있는 산중의 상징적인 절이다.

그 당시 나는 나대로의 환상의 지도를 가지고 있었다. 그 어둡고 불안한 시대에 푸근하게 은신할 수 있는 '어리숙한 천지'가 그리웠던 것이다. 하지만 당시의 조국은 어디나 일본 치하의 불안하고 되바라진 땅이었다. 강원도 태백산이나 백두산을 생각해 보았다. 그러나 그 어느 곳에도 우리가 은신할 수 있는 한치의 땅이 있는 것 같지 않았다. 그리하여 나는 깊숙한 산과 냇물과 호수와 봉우리가 있는 '마음의 지도'를 마련하게 되었다.

그 지도 중에서 주산主山이 태모산太母山, 그 줄기를 따라 태웅산太熊山·구강산九江山·자하산紫霞山이 있으며, 자하산 골짜기를 흘러 내려와 잔잔한 호수를 이룬 것이 낙산호洛山湖·영랑호永郎湖였다. 영랑호 맑은 물에 그림자를 드리운 봉우리가 방초봉芳草峰, 방초봉에서 아득히 바라보이는 자하산의 보라빛 아지랑이 속에 아른거리는 낡은 기와집이 청운사이다. 나는 마음의 지도라 하였으나, 오히려 그것은 정서가 아른거리는 꿈의 세계라 할 수 있다. 그러므로 청운사는 완전히 허구적인 세계의 가공적인 것임에 지나지 않는다.

청운사와 더불어, '청노루'도 문제가 되는 경우가 있다. 푸른 노루나 사슴이 있을 수 있느냐, 혹은 청靑은 현玄과 흑黑에 통하는 것으로 그것은 거무스름한 노루나 사슴이라고 설명한 분이 있기도 하였다. 물론, 푸른 사슴이나 노루가 있을 리 만무하다. 다만 노루나 사슴에 푸른 빛깔을 주어 정신적인 동물로서 서정화시킨 것이다.

316

《청록집》에 수록된 초기 작품에서는 청색靑色을 유달리 좋아하였다. 청
노루, 청운사, 자하산, 맑은 눈, 흰 구름—이 작품의 모든 이미지가 청색
계열系列이다. 이것은 중기中期의 보라빛과 통하며, 나의 작품 세계에 일
관된 기본적인 색조色調이다. 그런 면에서 나의 작품을 이해할 수 있는 본
질적인 비밀이 간직되어 있는 것이라 할 수 있다.

강江나루 건너서
밀밭 길을

구름에 달 가듯이
가는 나그네.

길은 외줄기
남도南道 삼백三百 리里

술 익는 마을마다
타는 저녁놀

구름에 달 가듯이
가는 나그네.

—〈나그네〉 전문

"선생님, 대표작은?"
흔히 받게 되는 질문이다.
"글쎄요."
내가 대답을 망설이면,

"〈나그네〉 아닐까요."

그분의 말이다. 하지만 작자로서 나 자신 〈나그네〉를 대표작이라 생각
해본 일도, 이 작품에 대하여 각별한 애착을 가져본 일도 없다. 작자에 있
어서 모든 작품이란 그 자신의 어쩔 수 없는 감정의 필연성에서 빚어진 것
이다. 애착을 가진다면 그가 빚은 모든 작품에 애착을 가지는 것이다. 그
러므로 어느 작가나 시인에 있어서 대표작이란 그 자신이 붙인 레테르가
아니라, 세론世論에 불과한 것이다. 그러나 그렇다 하여 그 작품이 가장 우
수하다는 의미가 아니다. 많은 독자의 넓은 공감권을 획득하는 것과 작품
의 질적 우수성이 동질적인 것이 아니기 때문이다. 솔직하게 말하여 나 자
신은 젊은 날에 내가 입다 벗어버린 낡은 옷과 같은 것으로 여길 뿐이다.
다만 내가 진정으로 관심과 애착을 가지는 작품은 지금 내가 빚고 있는 혹
은 빚으려는 작품이다. 참으로 창조자로서 나 자신은 과거의 작품에 대한
관심이나 애착보다 오늘 빚는 일에 애정과 정열을 가지게 되며 그것을 위
하여 혼신의 노력을 집중하게 되는 것이다.

〈나그네〉의 주가 되는 이미지는 '구름에 달 가듯이 가는 나그네'이다.
나그네나 구름이나 달이나 우리의 핏줄에 젖어 있는 친숙한 것들이다.

나그네를 우리 고장에서는 과객過客이라 불렀다. 지나가는 손님이라는
뜻이다. 이조李朝 봉건사회封建社會──라면 결코 밝은 인상을 주는 것이 아
니다. 봉건적인 제도가 오늘날의 근대사회의 인본주의적 제도에 비하여
밝은 것이 못 되기 때문이다. 하지만 그렇다 하여 당시의 사회 자체가 구
석구석 어두운 것이 아니다. 오늘날보다 인심이 후박厚朴하고 인간미가
풍부할 수도 있는 것이다. 그 좋은 예가 즐겨 손님을 맞이하는 일이다. 건
축 구조에 있어 사랑舍郞이란 손님을 치르기 위한 일종의 사교적인 구실
을 하는 것이다.

내가 어릴 때만 하여도 우리 큰댁에서는 손님이 끊일 날이 없었다. 우리

집은 부유한 편이 아닌, 그 마을에서 양식 걱정이나 하지 않을 정도의 농가에 불과하였다. 그럼에도 일모日暮에 낯선 손님이 찾아와서,

"주인장 계십니까? 지나가는 나그네입니다. 하루 저녁 묵어가게 해 주십시오."

부탁하면 거절하는 일이 없었다.

"사랑에 드시라 하여라."

할아버지가 기쁘게 맞이하였다. 그리고 깍듯이 대접하였다. 그 과객過客은 이슬과 햇볕에 바랜 옷차림이 허술하기 짝이 없었다. 그의 두루막 자락에서는 그야말로 이슬과 햇빛 냄새가 풍겼지만 그것은 결코 이 표현에서 느끼는 것같이 향기로운 것이 아니었다. 의복은 비에 젖어도 갓만은 보호하려는 것일까.

구름에 달 가듯이—의 구름이 갈라진 틈서리로 건너가는 달은 실로 아름다운 것이다. 한시漢詩에서 흔히 달을 명경明鏡—맑은 거울에 비유하지만, 구름이 갈라진 틈서리의 짙푸른 밤하늘로 건너가는 달은 씻은 듯이 맑고 아름다운 것이다. 바람이라도 불어 흘러가는 구름발이 빨라지게 되면, 달은 날개가 돋친 듯 날아가는 것이다. 그 황홀한 정경.

나그네나 하늘을 건너가는 달이나 구름이나 무엇에 집념執念하지 않고 흘러가는 것들이다. 세속적인 구속이나 집념에서 벗어난 해탈의 경지, 그것은 동양적인 높은 정신의 경지일 수도 있다.

'강나루' 건너 '외줄기 밀밭길 남도 삼백 리', '저녁놀 타는 술 익은 마을' 은 충분히 향토적인 현실의 풍경일 뿐만 아니라, 공간을 초월하여 살아 있는 상징적 실재實在로서의 한국적 자연인 것이다. 이 자연 속을 '구름에 달 가듯이 가는 나그네' 역시 시간을 초월하여 살아 있는 상징적 한국의 나그네[過客]인 것이다.

이것은 정한모鄭漢模의 말이다.

형식적인 면에서는 7·5조의 정형률을 밟고 있다. 다만 구句를 명사로 써 끊음으로, 정형률의 안이성을 탈피하려고 노력한 것이다. 이 작품에서 '남도 삼백리'가 어디서 어디까지—냐고 묻는 이가 있다. 그것은 현실적인 거리를 의미하는 것이 아니다. '감정의 거리'이다.

예이츠W. B. Yeats의 〈이니스프리〉라는 작품 중에 다음과 같은 구절이 있다.

나는 일어나 바로 가리, 이니스프리로 가리,
외 엮고 흙을 발라 조그만 집을 얽어
아홉 이랑 콩을 심고, 꿀벌은 한 통
숲 가운데 비인 땅에 벌 잉잉거리는 곳
나 홀로 거기서 살으리

평화와 이상의 섬을 노래한 이 작품에서 '아홉 이랑'은 결코 현실적인 것이 못 된다. 그것은 가난한 대로 충만하게 살려는 시인이 꿈꾸는 행복의 면적面積이다. 남도 삼백 리도 나의 서러운 꿈을 펼쳐놓은 '감정의 거리'에 불과한 것이다.

끝으로, 〈나그네〉를 처음 썼을 무렵의 초고 노트를 나는 간직하고 있다. 30여 년이 지난 묵은 노트다. 그 초고는 다음과 같은 것이다.

나루를 건너서
외줄기 길을

구름에 달 가듯이
가는 나그네
길은 달빛 어린
남도南道 팔백八百 리里

320

구비마다 여울이
우는 가람을
바람에 달 가듯이
가는 나그네.

퇴고를 가한 작품과 비교해 보는 것도 흥미 있는 일일 것이다. 다만, 퇴고를 할 때마다 생각나는 것은 추천을 받을 때의 선자의 말이다.

'옥의 티와 미인의 이마에 사마귀 하나야 버리기 아까운 점도 있겠으나, 서정시抒情詩에서 말 한 개 밉게 놓이는 것은 용서할 수 없다.'

산이 날 에워싸고
씨나 뿌리며 살아라 한다
밭이나 갈며 살아라 한다

어느 짧은 산山자락에 집을 모아
아들 낳고 딸을 낳고
흙담 안팎에 호박 심고
들찔레처럼 살아라 한다
쑥대밭처럼 살아라 한다

산이 날 에워싸고
그믐달처럼 사위어지는 목숨
그믐달처럼 살아라 한다
그믐달처럼 살아라 한다

—〈산이 날 에워싸고〉 전문

1941년 가을—경주에서 동으로 20여 킬로, 입실入室이라는 곳이 있다. 그곳에서 석계石溪 녹동鹿洞은 남으로 8킬로 남짓한 산골이다. 그 녹동에서 돌아오는 길이었다. 산기슭에서 자전거를 세워두고, 쉬며 지은 것이 이 작품이었다.

이 작품은 〈밭을 갈아〉와 같은 계열에 속하는 것이다. 일제 말기의 막다른 골목길에서, 나는 부모 형제나 친척이나 이웃과의 혈연적인 유대와 친분, 그것에 대한 신뢰信賴 속에서만 가냘픈 삶에의 소망을 발견할 수 있었다. 그와 같은 삶에의 가냘픈 소망을 노래한 것이 〈밭을 갈아〉라는 작품이요, 그 소망의 정신적인 근저를 이루는 것이 〈산이 날 에워싸고〉이다.

그믐달처럼 사위어지는 목숨에 대한—생명의 무상에 대한 투철한 인식은, 어느 면에서는 삶의 보람을 잃은 자가 그 절망에서 새로운 삶에 눈을 뜰 수 있는 길이기도 하였다. 삶을 포기함으로써 깨닫게 되는 새로운 긍정의 조그마한 바탕, 그 측은한 바탕 위에서 밭이나 갈며 살고 씨나 뿌리며 살 수도 있을 것이다. 그 마음이 가난한 한 줄기의 삶의 길, 혹은 우리가 삶에 대한 과잉된 욕망이나 야심을 버림으로써 자연을 사귀고 그것을 가까이할 수도 있다. 참으로 산이든 나무든 꽃이든 하늘이든 마음이 가난한 자만이 그들을 사귈 수 있다.

이 작품은 어느 분이 지적한 것처럼 소박하고 구수한 전원취미田園趣味를 노래하려는 것이 아니다. '산이 날 에워싸고 밭이나 갈며 살아라 한다'는, 이 요구는 나 자신의 개인적인 취미라기보다는 김동리의 말을 빌리면 '절체절명의 궁지에서 불려진 신神의 이름'으로서, 산(자연)의 음성이었던 것이다. 만일 그것이 나의 전원 취미에서 노래된 것이라면, '살아라 한다'는 피동적인 명령조로 표현되어지지 않았을 것이다.

이와 같은 절박한 계기로 말미암아 나 자신 자연을 발견하게 되고 그것에 대하여 새로이 눈을 뜨게 된 것이다. 하지만 박두진은 그의 종교적인 신앙으로 말미암아 예수의 재림再臨을 기다리는 자세로 혹은 묵시록默示錄의 계시적인 영감으로 '살아서 살던 주검 죽었으매 이내 안 서럽고, 언제 무덤 속 환히 비춰줄 그런 태양만이 그리우리' ─ 하고, 삶의 피안彼岸에서 비쳐오게 될 광명을 갈구하게 된 것이다. 어느 짧은 산자락에 집을 모아─라는 제2연의 '짧은'은 가난한 소망을 나타내는 것으로 긴 산자락의 풍유豊裕한 것을 바랄 수 있는 시대가 아니기 때문이다.

끝으로 경주慶州─신라에의 향수를 노래한 작품을 두어 개 소개해 보려 한다.

> 여기는 경주慶州
> 신라 천 년新羅千年……
> 타는 노을
>
> 아지랭이 아른대는
> 머언 길을
> 봄 하로 더딘 날
> 꿈을 따라가면은
>
> 석탑石塔 한 채 돌아서
> 향교鄕校 문門 하나
> 단청丹靑이 낡은 대로
> 닫혀 있었다.

─〈춘일春日〉 전문

경주 시가에서 남으로 나가면 교촌에 이른다. 그곳에 향교가 있고, 향교 문은 단청이 퇴색된 채, 언제나 열릴 듯 안타깝게 널따란 문짝이 닫혀 있었다. 열릴 듯 늘 닫혀 있는 것—이것이 이 작품의 내용이다. 그것은 또한 과거—라는 시간의 그 신비스러운 '묵비默秘의 베일' 이기도 하였다. 경주에서는 모든 유적에서 열릴 듯 닫혀 있는, 이 '묵비의 안타까운 베일' 을 발견하게 되는 것이다.

첫 연에서 '신라 천 년千年…… 타는 저녁놀' 의 '……' 는, 생략을 통한 의미의 여운을 나타내는 것, 여기서는 신라 천 년을 타는 놀로써 형상화한 것이다. 또한 신라 천 년—은 두 가지 의미를 가진다. 신라가 천 년 동안 계승되었다는 것과 신라가 망한 후 천 년이 지났다는, 망하기 전의 천 년과 그 후의 천 년을 의미하는 것이다.

　　잠자듯 고운 눈썹 위에
　　달빛이 나린다.
　　눈이 쌓인다.
　　옛날의 슬픈
　　피가 맺힌다.
　　어느 강江을 건너서
　　다시 그를 만나랴.
　　살눈썹 길슴한
　　옛사람을

　　산수유꽃 노랗게
　　흐느끼는 봄마다
　　도사리고 앉인 채
　　도사리고 앉인 채
　　울음 우는 사람
　　귀밑 사마귀

　　　　　　　　　　　　　　　　　　　　—〈귀밑 사마귀〉 전문

신라에 대한 향수는 멸한 것에 대한 회상만이 아니다. 상실한 조국에 대한 갈모의 정도 깃들어 있는 것이다—이와 같은 설명이 자칫하면 작품을 이해하는 데 장애가 될 수 있다. 위의 작품은 비련悲戀의 낙랑공주樂浪公主를 노래한 것이다. 그녀는 마의태자와의 사랑이 이루어지지 않았지만, 젊은 서정시인에게 그녀의 비극성이 로맨틱한 것으로, 그 자신이 처한 어두운 시대에 그 공주가 경험한 운명을 그 자신의 것으로 되새겨볼 수도 있었던 것이다.

잠자듯 고운 눈썹에 달빛이 비치고 눈이 쌓임은, 약간의 설명이 필요할 것이다. 문맥상으로는 '잠자듯'이 눈썹을 수식하는 말이지만 사실은 죽은 사람에 대한 표현이다. 그럼에도 그녀의 고운 눈썹은 영원히 살아 있다는 암시를 내포하고 있다. 그러므로 달빛이 비치고 눈이 쌓임은 세월의 흐름을 의미한다. 어느 강을 건너서 다시 그를 만나랴, 살눈썹 길슴한 옛사람—은 낙랑공주. 하지만 '살눈썹 길슴한'이나 '귀밑 사마귀'는 옛 공주다운 우아성을 보여주기보다는 현대적인 요염성이 강하다. 그런 면에서 작자로서, 나 자신의 어린 티를 벗지 못하고 있다. 도사리고 앉은 채 울음 우는 사람은 비련에 빠져 있는 여인의 진지한 자태를 어느 정도 정확하게 표현한 것이라 할 수 있다.

《청록집》이 출판되자, 민족진영에서는 극구 두둔해 주었다. 그들은 우리를 '삼인三人 신예新銳 순수시인純粹詩人' 혹은 '삼가시인三家詩人'이라 불렀다. 주로 청년문학가협회가 중심이 되어 그해 1946년 9월, 후라워 다방에서 출판기념회를 열어주었다. 당시 조지훈은 경기여고 교사요, 나는 모교(대구 계성중고교)에서 교편을 잡고 있었다. 두진은 무슨 제지회사가 아니면, E출판사에 근무하였다.

그날 밤은 김동리·곽종원·조연현을 비롯하여 우익 진영의 문인들이 거의 모여 대성황을 이루었다. 《문장》지의 추천 동인인 이한직 형이 흰 두루마기를 입고, 귀공자다운 모습으로 사회司會를 맡아주었다. 해방 후, 개인 시집—3인집이기는 하나— 출판기념으로는 우리가 처음이었을 것이다. 그렇게 제법 마음이 부푼 밤에도 두진은 항시 말이 없다. 그야말로 '빙그레' 웃는 것으로 답을 대신하고, 우정을 표현하는 것이다. 이것은 삼월 초, 인왕산에 연기처럼 이상한 봄빛이 감돌 무렵이며, 또한 그날 밤은 꽤 쌀쌀한 날이기도 했다.

그 후, 《청록집》이 책이 되어 나왔을 때, 이미 두진은 그 출판사를 물러나온 뒤였다. 그리고 생활이 어려웠으리라. 그래서 시 한 편의 고료라는 것이 하잘것없음에도 그에게는 보탬이 되는 모양이다. 우리는 어울려서—지훈과 세 사람은 그림자처럼 몰려 다녔다—신문사로 가서 그는 시고를 전하고 고료를 즉석에서 받지 못하면 다른 신문사로 저번치 고료를 받으러 가야 하는 것이다. 그 신문사와 신문사 사이를 그는 우리보다 반 발자국쯤 뒤따르며 줄곧 시를 읊으며 다듬는 것이다.

이것은 두진만이 아닐 것이다. 지훈은 지훈대로 베레모를 제껴 쓰고, 고개를 약간 치켜든 채 눈을 인왕산 마루쯤에 두고, 어깨로 거닐 듯한 걸음걸이로 세종로로 가며 입 안에 시를 중얼거리고…… 나는 나대로 쉴 새 없이 시를 이야기하고.

당시 김동리는 《청록집》을 중심으로 우리 세 사람의 작품 경향을 설명해 주었다. 그중에 필자에 대한 부분만 소개하면 다음과 같은 것이다.

구름에 달 가듯이 / 가는 나그네

—〈나그네〉 일부

갑사댕기 남 끝동 / 삼삼하고나

—〈갑사댕기〉 일부

산수유꽃 노랗게 / 흐느끼는 봄마다

—〈귀밑 사마귀〉 일부

청석돌담 가로 / 구구구 저녁 비둘기

—〈가을 어스름〉 일부

　이 모두 향토적 정서에서 발견된 자연의 빛깔이요, 자연의 냄새요, 자연의 소리 아닌 것이 없다. 이와 같이 향토적 정서가 빚어내는 자연의 신비감에다 작시의 기조를 두는 것은 자연의 육체를 탐색하는 가장 정확한 방법이요, 또 시 예술의 그 체면과 '이미지'를 찾는 데도 큰 도움이 될 수 있으나, 그와 반면에 너무 특이성에 사로잡혀서 자연의 일반적 보편적 성격과 기리를 멀리하는 결과를 면할 수 없었던 것이다.

　특이성이란 본래 편협과 단조에 통하는 길이다. 목월의 시가 몇 편을 읽든지 모두 같은 가락을 느끼게 하는 것은 이에 기인하는 것이다. 가락뿐 아니라 어휘까지 지극히 간단한 범위에 제한이 되어서 어느 편을 읽든지 동일한 가락과 동일한 어휘가 느껴지는 것이다.

작품론 · 작가론

'영원永遠' 탐구의 시학

 오세영(서울대 인문대 교수, 시인)

1

박목월은 생전에 박두진(朴斗鎭), 조지훈(趙芝薰) 3인 공동시집인 《청록집靑鹿集》(1946), 《산도화山桃花》(1955), 《난蘭. 기타其他》(1958), 《청담晴曇》(1964), 《경상도의 가랑잎》(1968), 《어머니》(1968), 《무순無順》(1968) 등을 펴냈고, 사후 유족들에 의해 크고 부드러운 손)(1979) 등 8권의 시집을 펴내었다. 그러나 이 중에서 《어머니》와 《크고 부드러운 손》은 그의 문학 생애에 있어서 큰 의미를 지니지 못한다. 여기에 수록된 시들은 모두 순문학적 관심보다는 어떤 목적 의식에서 쓰였고, 그 결과 당연히 시적 형상력이나 문학적 성취도에서 그의 평균적 수준에 미치지 못하기 때문이다. 이는 《크고 부드러운 손》이 목월의 생전에 시집으로 묶이지 않았으며 《어머니》의 경우 비록 시집으로 간행되었다고 하나, 그 자신이 선한 《박목월 자선집》과 그의 사후 간행된 전집들에서 아예 배제된 것을 보아 미루어 짐작할 수 있다.

《어머니》의 시들은 어머니에 대한 사랑과 사모의 마음을 간절히 노래한 서정적 산문 형식의 작품들이며, 《크고 부드러운 손》의 시들은 크리스천으로서의 자아 정립과 돈독한 신앙을 고백한 기도체 형식의 작품들이다. 따라서 그 시작에는 애초부터 순수한 문학적 동기보다 인생론적 목적 의식이 앞서 있었다. 메시지 전달 위주로 쓰인 점, 대중적 호소력에 의존한 점, 교훈성과 윤리성이 강조된 점, 보편적 감정이나 감상성이 노출된 점, 시어가 평이하여 긴장감을 잃어버린 점 등 이들 시의 특징은 그러한 목적 의식에 따른 필연적 결과라 할 수 있다. 그런 까닭에 그만큼 이들의 문학적 취약성은 더 컸던 것이 사실이다. 민음사판 《박목월전집》 말미에 수록된 제8부 미수록작의 90여 편도 문학적 수준이 미흡한 까닭에 목월의 문학을 평가하는데 있어 별 기여가 되지 못하는 작품들이다. 그것은—발표 연도를 고려해 볼 때—목월이 자신의 예기치 못한 사망으로 생전에 시집으로 묶을 기회를 놓친 것들이라기보다는 그 자신이 시집으로 묶기에 불가하다고 판정을 내려 이미 버린 것들을 취합한 것들이기 때문이다.

어떻든 이상 살펴본 바와 같이 《어머니》와 《크고 부드러운 손》 그리고 《박목월전집》의 미수록작들은 목월의 문학에서 예외적이며 부차적인 지위에 머무르는 것들이다. 그러므로 목월에 대한 우리의 문학적 담론은 그 나머지 시집들—《청록집》, 《산도화》, 《난. 기타》, 《청담》, 《경상도의 가랑잎》, 《무순》 등 6권에 수록된 시들을 중심으로 전개해야 하리라고 생각한다. 그의 동시童詩는 물론 별개의 문제이다.

통시적으로 살펴보면 대체로 목월의 문학적 생애는 세 시기로 나누어 살펴볼 수 있다. 제1기(초기)는 자연을 소재로 시를 쓴 시기이다. 《청록집》과 《산도화》에 수록된 시들이 이에 속한다. 제2기(중기)는 생활을 소재로 쓴 시들의 시기이다. 《난. 기타》·《청담》·《경상도의 가랑잎》의 시들을 들수 있다. 제3기(후기)는 존재를 탐구한 시기로서 《무순》의 세계가 그러하다. 그의 신앙 시 《크고 부드러운 손》의 시들도 이 시기의 한 유형으로 편입할 수 있다.

목월의 문학 전체를 관통하고 있는 시 세계는 '영원'이라는 단어로 압축할 수 있다. 목월 문학의 내적 세계는—그것을 외부에서 구하든 내부에서 구하든— 이 '영원'에 도달하기 위한 정신적 몸부림 혹은 방황이었다. 목월 문학의 또 다른 특성을 함축했다고 말할 수 있는 '그리움'과 '외로움'도 필연적으로 여기에 관련돼 있다. 그 영원에 도달하고자 하는 화자의 갈망이 '그리움'이며, 도달할 수 없는 존재의 한계성이 바로 '외로움'이기 때문이다. 그런데 이 '영원'은 목월의 초기 시에 있어서는 '자연'이라는 공간 속에서 '꿈'을, 중기 시에 있어서는 '인간'이라는 공간 속에서 '가정'을, 후기 시에 있어서는 '신'이라는 공간 속에서 '초월'을 지향하고 있다.

목월의 초기 시에 '영원'의 의미가 '꿈' 즉 동경으로 제시되고 그 소재하는 공간이 '자연'이었다는 것은 《청록집》에 수록된 시, 특히 〈임〉과 같은 시에서 분명히 드러난다.

> 내ㅅ사 애달픈 꿈꾸는 사람
> 내ㅅ사 어리석은 꿈꾸는 사람
>
> 밤마다 홀로
> 눈물로 가는 바위가 있기로
>
> 기인 한밤을
> 눈물로 가는 바위가 있기로
>
> 어느 날에사
> 어둡고 아득한 바위에
> 절로 임과 하늘이 비치리오
>
> —〈임〉 전문

그러나 여기서 임은 연인이나 혹은 국가 같은 '구체적 대상'이 아니다. 오히려 완전한 삶으로서의 어떤 '영원', 그의 표현을 빌리면 '내 영혼 안에 깃들어 영원한 사모를 거두게 될 "영혼의 임"'이라 할 수 있다. 그것은 그가 그의 산문(자작시 해설집《보라빛 소묘》) 다른 부분에서 '시'란 바로 '꿈을 기록할 수 있는 어떤 특별한 언어'로 그에게 있어서의 꿈은 헤세의 '향수'와 같은, '모든 아름다움과 진리'라고 말한 것을 봐서도 알 수 있다. 굳이 그 자신의 산문을 인용하지 않는다 하더라도 목월의 시에 있어서 '향수'의 대상이 영원이라는 것은 그가 감화를 받은 헤세에게 있어서 '향수'가 어떤 영원하고도 완전한 관념적 세계를 가리킨다는 사실을 통해서도 쉽게 설명될 수 있다. 독일 낭만주의의 중요한 본질의 하나가 어느 먼 곳에 있으리라고 믿어지는 이 영원하고도 완전한 관념적 세계에 대한 향수라는 것은 잘 알려진 사실이기 때문이다.

이상에서 살펴본 것처럼 '꿈'으로 표현된 제1기(초기) 목월이 탐구하는 바 '영원'은 일찍이 김동리가 지적한 바와 같이(〈자연의 발견〉) 그 대상을 자연에서 구한다. 그런데 목월의 시에서 자연을 대표하는 것은 바로 '산'이다. 초기 시에 바다가 전혀 등장하지 않는 것은 누구나 쉽게 발견할 수 있는 특징이지만, 그의 자연시가 대부분 산이나 최소한 산과 관련된 사물을 노래하고 있다는 것은 잘 알려진 바와 같다.

목월이 그의 시적 상상력으로 제시한 산을 동양적 신선 사상과 관련된 이름(가령 '구강산', '산도화', '자하산', '한석산', '선도산', '청운사', '청노루' 등)으로 호칭한 것은 그것이 여사한 자연이 아니라 가장 성스럽고 순결한 이상 세계를 상징하는 것임을 알 수 있다. 그것은 서구적 개념의 유토피아 내지 동양적 개념의 '무릉도원'이었다. 그것은 목월 자신이 술회한 바와 같이 현실에는 없는 자연 즉 그가 하나의 이상향으로 꿈꾸는 '마음의 지도'(《보라빛 소묘》)를 시적으로 형상화해 낸 것들이었다. 그가 〈임〉에서

"내ㅅ사 애달픈 꿈꾸는 사람/ 내ㅅ사 어리석은 꿈꾸는 사람"이라고 독백했던 것은 결코 우연이 아니었던 것이다.

2

목월 중기 시에서 영원을 탐구하는 공간은 '인간'의 세계이며 이를 대표하는 것은 '가정'이다. 물론 이 시기에도 자연을 소재로 하여 쓰인 시가 전혀 없다고 말할 수는 없다. 그러나 그들 대부분 역시 초기의 그것과 달리 이상화된 관념 세계로서가 아니라 인간의 모습을 띤 것으로서의 자연이다.(〈산 소묘〉 등)

> 펑퍼져 넓기만 한 면상面相은 미련하고 어수룩하고 선량善良하고 고집스러운 바로 치모致母영감. 한발이나 되는 길고 넓은 인중人中을 한참 기어오르면 양날개를 접고, 우왁스럽게 앉은 저것은 버얼건 유자柚子코.
>
> 그 인중人中터에 아버님을 모셨다.
>
> 아버님의 편안한 거처居處.
>
> 오를 때마다 늘 마음이 푸근했다.
>
> -〈산 · 소묘 5〉 전문

그렇다면 목월은 중기에 들어 왜 이렇듯 자연의 인식에 변화가 온 것일까. 그것은 다음과 같이 설명된다. 첫째, 앞에서 지적했다시피 비록 목월이 초기에 자연을 통해 영원을 발견하고자 했더라도 스스로 그것이 현실적으로 불가능한 꿈의 세계라는 것을 알고 있었다는 점이다. 따라서 그는 그 이루어질 수 없는 꿈을 기약 없이 마냥 붙들고 있을 수만은 없었을 것이다. 그렇다면 다시 그가 이처럼 꿈을 깰 수 있었던 계기는 무엇일까.

여기에 두 번째 이유가 문제된다. 그것은 바로 해방 정국의 혼돈과 한국 전쟁이다. 셋째, 연륜의 문제이다. 목월 문학의 중기는 그 나이 40대 중반 이후부터 시작된다.(《난. 기타》가 발간된 연도는 그 나이 44세인 1959년이다) 즉 청년 시절의 청순 무구한 감성의 시기가 끝나고 생에 대해 깊은 성찰이 있을 연륜이다. 다른 대부분의 사람들이 그러하듯 불혹의 시기에 들어 그가 청년적 낭만과 꿈의 세계로부터 눈을 돌려 현실 속의 삶을 본다는 것은 어찌 보면 인생의 성숙 단계에 있어 자연스러운 현상일 것이다.

이처럼 자연에 대한 재인식의 결과, 목월은 중기에 들어 이제 인간의 세계에 관심을 기울이며(〈돌〉 등), 더 나아가 신은 인간 안에 있고 인간의 모습을 띤다는 믿음에까지 이른다. 즉 인간 속에서 '신'을 발견하게 되는 것이다.(〈신의 뿌리〉). '신은 사람과 함께 거하시고/ 인간은 신이 거처하는 자리다.' 여기서 '신'이 바로 '영원'의 실체라면 이제 목월의 중기 시에서 그 지향하는 바 영원의 세계가 인간 속에 있다는 것은 분명해진다. 그러나 목월이 비록 자연 속에서 관념적 영원성을 지향하던 꿈으로부터 깨어나 인간을 발견했다 하더라도 인간의 세계란 본질적으로 불완전하며 부조리하다. 속되고 고통스럽다.

여기서 인간의 세계에 대한 목월의 이원적 인식이 드러난다. 하나는 그 불완전하고 부조리한 것으로서의 '바깥세상'이라는 공간이며, 다른 하나는 안식과 영원이 살아 숨쉬는 '가정'이라는 공간이다. 목월에게 있어서 인간의 바깥세상은 교환가치가 지배하는 탐욕과 물신 숭배의 공간이지만 가정은 존재 가치가 구현된 평화와 사랑의 공간이다. 그 바깥세상은 도시의 거리로 상징된다.(〈밥상 앞에서〉, 〈명암〉, 〈외출〉, 〈패착〉 등) 이에 대해 가정은 평안과 휴식과 사랑이 숨 쉬는 공간 즉 영원성을 지향하는 세계이다.(〈가정〉 등) 목월 중기 시의 인간적 공간을 대표하는 상징으로서 '집'의 문제가 여

기서 제기된다. 그것은 초기 자연을 대표하는 '산'과 대비되는 개념이라
할 수 있다.

지상地上에는
아홉 켤레의 신발.
아니 현관玄關에는 아니 들간에는
아니 어느 시인詩人의 가정家庭에는
알전등電燈이 켜질 무렵을
문수文數가 다른 아홉 켤레의 신발을.

내 신발은
십구문반十九文半.
눈과 얼음의 길을 걸어,
그들 옆에 벗으면
육문삼六文三의 코가 납짝한
귀염둥아 귀염둥아
우리 막내둥아.

　　(중략)

아랫목에 모인
아홉 마리의 강아지야
강아지 같은 것들아.
굴욕屈辱과 굶주림의 추운 길을 걸어
내가 왔다.
아버지가 왔다.

　　　　　　　　　　　　　　　　　　—〈가정〉 일부

그런데 목월에 의하면 이 집의 가치를 상징하는 것이 바로 ‘시’이다. 그것은 그가 교환가치의 원리에 따르는 바깥세상의 ‘돈 버는 행위’와 대조되는 가치라 할 수 있기 때문이다. 즉 목월은 밖에서는 돈을 벌지만 집—가정에서는 시를 쓴다. 그에게 있어 가정이란 시를 쓰는 공간이자 시 그 자체가 구현된 공간인 것이다.(《이 시간을》) 그렇다면 구체적으로 왜 목월에게 있어서는 시가 가정을 상징하는 대표적 가치가 될 수 있는 것일까. 그것은 시가 지닌 다음과 같은 의미 때문이다. 첫째, ‘사랑’과 생명이다.(《넥타이를 매면서》) 둘째, 존재의 중심축이다.(《시》) 셋째, 창조적인 행위인데(《목탄화》) 창조란 오로지 신만이 가능한 일이기 때문이다. 따라서 시를 쓰는 행위는 바로 영원한 것의 실체가 된다. 넷째, 그러므로 결국 시 쓰는 일은 신과 대면하는 일이자 동시에 스스로 신의 위치에 올라서는 일이기도 하다. 이야말로 영원한 것의 체험이 아닐 수 없다.(《비의》, 〈무제 3〉)

그러나 무엇보다 주목할 것은 목월이 시 혹은 시 쓰는 일을 범상한 일상의 작업이 아니라 성스러운 일, 나아가 신이 되거나 혹은 신에게 가까이 다가갈 수 있는 일로 생각했다는 점이다. 가령 〈비의〉나 〈무제 3〉에서 목월은 시인이 시 쓰는 일을 통해 그 자신 신의 영역으로 초월하는 경험을 보여주었으며 〈이 시간을〉에서는 시 쓰는 일을 기도와 찬송을 부르는 일과 동일시하여(“지금은 기도를 드릴 시간을/ 나는 집에서 시를 쓴다”, “기도와 시가 겹친 시간을/ 환하게 눈을 뜨고”) 그 결과 그 시 쓰기 안에 신성한 창조의 섭리가 일어나고 있음 고백하고 있다.

지금은 예배 시간을
나는 집에서 시를 쓴다.
　　(중략)
지금은 기도를 드릴 시간을
나는 집에서 시를 쓴다.

(중략)

기도와 시가 겹친 시간을
환하게 눈뜨고

말씀과 말이 부풀어
내 안에 잦아지는 한 꼬투리의 자연自然
　　　(중략)
당신을 위한 술을 빚게 하시고

이 시간에 열리는 열매마다
나는
모든 것 안에서
살아난다.

　　　　　　　　　　　　　　—〈이 시간을〉일부

　그리하여 그 결과 그 시 쓰기 안에 신성한 창조의 섭리가 일어나고 있음을 고백하고 있다. 이렇듯 시가 사랑과 생명의 은유이고 존재의 중심축에 서서 창조 행위를 통해 신과 만날 수 있는 유일한 매개체라고 한다면, 그것은 바로 시가 신과 유일하게 대면할 수 있는 영원의 한 형식임을 의미한다. 즉 목월은 그가 그의 시 세계를 통해 추구하고자 했던 바의 '영원'을, 적어도 그의 중기 시의 경우, '시' 쓰는 일에서 찾았던 것이다.

3

　후기에 들어 목월은 영원 탐구의 대상을 인간의 공간으로부터 초월적 공간으로 바꾼다. 영원이 실재할 수 있는 현실적 가능성에 절망했기 때문이다. 그것은 다음과 같은 이유 때문이다. 첫째 사회적으로 인간의 공간은 어쩔 수 없이 교환가치의 지배를 받을 수밖에 없고(〈당인리 근처〉, 〈무제〉), 둘째 그런 까닭에 문학적으로 시는 타락할 수밖에 없으며(〈상하〉, 〈층층계〉, 〈틀〉), 셋째 인간이란 본질적으로 존재론적으로 유한성을 초극할 수 없다는 점 때문이다.(〈하관〉, 〈이별가〉) 이제 시인은 인간의 공간에 '영원'이 있을 수 있다는 믿음의 배신과 더불어 그 '영원함'이란 〈하관〉이나 〈이별가〉에서 말하듯 죽은 동생이 살고 있는 바로 그 세계에 있다는 사실을 깨닫는다. 그러나 죽은 동생이 가 있는 세계란 어떤 곳인가. 한마디로 그것은 '신'이 주거하고 있는 '초월적 공간' 즉 종교적 세계라 할 수 있다. 그런 까닭에 시인은 궁극적으로 신을 찾을 수밖에 없게 된다.

앞에서 우리는 목월이 인간의 공간에 절망을 느끼고 제3기에 들어 초월적 세계로 눈을 돌리게 되는 전말을 살펴보았다.(〈잠깐〉, 〈한계〉) 이제 시인은 가정에서 시를 쓰는 세계(인간의 공간)를 떠나서 '서늘한 체념으로/신앙의 샘물을 채워야 한다'는 것이다. 이 신의 세계를 달리 '초월적超越的 공간'이라고 이름한다면 이제 목월의 후기 시에 있어서 영원의 탐구는 초월적 공간에서 이루어지는 것이라 말해도 틀리지 않을 것이다. 〈무제〉 같은 시는 제3기 목월의 문학이 지향하는 공간을 아마도 가장 적절히 표명한 작품일 것이다.

줄이 한 가닥
어디서 어디쯤이랄 것도 없이
느리게 흔들리며
오늘의 수국색水菊色
밝음 속에서
왜랄 것도 없이
느리게 흔들리며

해와 달이 가는 길에

어디서 어디쯤이랄 것도 없이

줄이 한 가닥

막막한 태허太虛의 혼돈 속에서

처음으로 불러보는

당신의 이름

신이어

신이어

신이어

줄이 한 가닥

느리게 흔들리며

목숨이랄 것도 없이

동에서 서까지

—〈무제〉 전문

그러나 우리는 여기서 한 가지 더 지적해야 할 것이 있다. 이 초월적 공간을 구현한 영원의 실체가 '신神'이라 한다면 그 신이 바로 '빛' 속에 주거한다는 사실이다.(〈복도 끝에서〉, 〈조가〉, 〈매몰〉, 〈밤에〉, 〈평일시초〉, 〈승천〉, 〈여행 중〉, 〈간밤의 페가사스〉) 따라서 이 후기의 '초월적 공간', '신' 그리고 '빛'은 초기의 '자연의 공간', '산' 그리고 '꿈'과 중기의 '인간의 공간', '집(가정)' 그리고 '시詩'와 대응되는 개념이라 할 수 있다.

영원의 실체로서 신의 주거지라 할 '빛'은 후기 시에 두루 나타나는 이미지이다. 그것은 다음과 같은 의미를 지닌다. 첫째, 죽음의 저 건너에 실재하는 어떤 영원한 세계의 시작이다. 즉 초월의 공간을 상징한다. 둘째, 세계의 창조 혹은 신의 섭리를 뜻한다. 셋째, 신이 주거하는 장소로 영원이다. 넷째, 신 그 자신의 은유이다. 이상에서 살펴본 바와 같이 목월의 후기

시에 제시된 '아침', '새벽' 그리고 '빛'의 이미지는 제 원형적 상상력이
의미하는 것과 동일하다. 그 결과 목월은 자연스럽게 이제 문학의 세계를
벗어나 드디어 종교의 세계로 귀의하게 된다. 신앙고백서라 할 그의 8번째
시집 《크고 부드러운 손》이 지닌 시적 의미가 그러하다.

4

앞서 지적했듯이 목월의 전체 문학을 통해 일관된 주제는 '영원한 것'
에 대한 탐구이다. 그것은 목월이 우리들의 일상 삶이─사회적인 것으로
서든 존재론적인 것으로서든─덧없고 허망하고, 고통스럽고, 무의미하
다는 사실을 자각하는 데에서 비롯된 것이다.

그런데 목월의 산문집 《보라빛 소묘》를 살펴보면, 초기의 목월에게 시
작詩作을 유발케 했다는 '향수'가 후기에 들어 '종교적 정서'로 발전했음
을 알 수 있다. 즉 청년 시절에 지녔던 '영원한 것'에 대한 이 막연하고도
관념적인 '향수'가 시인의 '포전적인 자아'의 발견에 의해 드디어 '종교
적인 정서'로 승화되었다는 사실이다. 따라서 목월의 문학 전체를 일관하
고 있는 어떤 '영원한 것'에의 탐구는 본질적으로 사회적인 것이라기보다
는 존재론적인 것이라 할 수 있다. 두 인용문에서 유추할 수 있듯, 그의
'향수'나 '종교적인 정서'는 그의 생의 내면적 필연성에서 비롯했다고 보
이기 때문이다.

그렇다면 목월의 문학에 있어서 영원한 것에의 탐구가 자연의 공간에
서 시작하여 인간의 공간으로, 다시 인간의 공간으로부터 초월적 공간으
로 전이되어 간 이유는 어떻게 설명할 것인가. 이를 간단히 정리하면 자아
(주관)와 세계(객관)의 관계 변화에서 비롯된 것이라고 말할 수 있다.

초기의 목월은 아직 생의 경험이 일천한 탓으로 현실에 대해 객관적이
고도 이성적인 판단이 미흡했다. 그 결과 그는 이 세계를 있는 그대로 수

용하기보다 그것을 주관화하여 미학적 차원으로 관념화하게 된다. 그가 산으로 대변되는 자연의 공간을 무릉도원 같은 이상향으로 상상하고, 꿈을 통해 이와 교감하려 했던 이유가 여기에 있다. 한편 중기의 목월은 세계와 상면하는 관계Gegenuber를 지닌다. 즉 그는 세계를 실체 그대로 인정하여 자아와 세계 혹은 주관과 객관을 양립시켰다. 아마도 그것은 연륜의 성숙에 따른 합리적 세계 인식과 한국전쟁 같은 동족상잔이나 당대의 정치 현실에서 오는 인간적 고통이 그 빌미를 마련해 주었을 터이다. 마지막으로 후기의 목월은 마침내 주관 즉 자아 그 자체를 포기한다. 만년에 들어 달관한 그로서는 이 생이란 덧없고 허무하며 존재 역시 유한하고, 그가 초기나 중기에서 경험적으로 깨달은 것처럼, 이 세계가 본질적으로 —자연이건 인간이건— 무의미하다는 것을 자각했기 때문이다. 그리하여 그는 이 모든 것을 포기한 채 전적으로 어떤 초월적 존재에 의존하게 된다.

이상에서 논의된 목월 문학의 내적 세계를 간단히 도식으로 정리하면 다음과 같다.

	초기	중기	후기
관계	세계의 주관화	세계와 주관의 양립	주관의 소멸
대상	자연의 공간	인간의 공간	초월의 공간
소재지	산	집(가정)	새벽빛(아침)
영원의 형식	꿈	시詩	신神

한국어로 도달한 순수서정시의 궁극

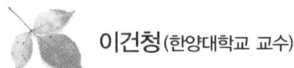 이건청(한양대학교 교수)

쉼 없이 새 '틀'을 추구한 민족시인

민족시란 언어, 문체, 소재, 모티프, 미의식, 제재 등의 여러 요소를 통하여 한 민족의 민족적 개별성과 특질을 잘 표현한 시이다. 그러므로 민족시는 민족적 고유성과 독창성이 잘 드러나 있어야 한다. 박목월은 그런 의미에서 민족시에 가장 근접한 시를 이뤄낸 시인이다. 박목월은 한국인의 정서를 아름다운 한국어로 표현한 시인들 중에서 단연 빼어낸 업적을 보여주었다.

말의 선택과 배열이 이뤄내는 시의 미적 체험은 예술 장르 속에서도 시를 통해서만 이뤄낼 수 있는 특이한 가치이다. 시는 독자라는 수용자의 정서와 상상력을 통해 재구성되면서 민족적 동질성과 유대 위에서 다양한 미적 가치가 된다. 박목월은 한국적 삶의 토대 위에서 민족적 동질성을 느낄 수 있는 시편들을 지속적으로 추구해 보여주었다.

박목월은 우리 민족 고유의 생활 정서와 언어 감각, 정서의 운반체로서의 다양한 리듬을 통해 우리 민족 정서를 깊이 있게 탐구하였다. 그의 시

344

적 추구는 대개 5년을 주기로 변모된 모습을 보여주었는데, 자연 지향의 시로 시작되어 생활 지향의 시 그리고 존재 지향의 시편들로 옮겨가면서 새로운 시의 틀을 보여주었다. 새로운 시의 틀에 도달하는 일이 지난한 탐구를 전제로 한다는 점을 생각할 때, 박목월이 대개 5년 주기로 스스로 이뤄낸 '틀'을 버리고 새로운 '틀'에 도전한 점은 특기할 만한 일이라 할 것이다.

박목월의 시 세계를 어떻게 분류할 것인가는 학자에 따라 편차를 보이지만, 대체로 세 시기로 나누는 것이 일반적 견해이다. 개인적인 자아 탐구를 보여준 시집 《청록집》, 《산도화》가 그 하나이고, 사회적 자아의 탐구를 보여준 시집 《난. 기타》, 《청담》이 두 번째 세계이며, 개인의 존재적 자아를 탐구해 보여준 시집 《경상도의 가랑잎》, 《무순》 등이 3기에 속하는 것으로 볼 수 있다. 박목월 사후에 간행된 시집 《강나루 건너서 밀밭 길을》이 있는데, 이 시집에 실린 시편들 중 31편은 기존 시집에 수록되지 않은 신작들이다. 만년의 박목월은 자신이 간행하던 시 전문지 《심상》에 매호 5편 정도를 연재하고 있었다. 이 작품들이 시단의 새로운 평가를 기다리고 있는 만년의 시편들인 셈이다. 그 외에 박목월 사후 유족들에 의해 간행된 신앙 시집 《크고 부드러운 손》이 있지만, 이 시집은 목월이 전 생애에 걸쳐 쓴 시편들 중에서 신앙 시편만을 뽑아 펴낸 일종의 선집이다.

좌절과 절망의 시대에 쓴 희망 시편들

2006년 3월 경주에 마련된 '동리 목월 문학관' 개관을 준비하는 과정에서 필자는 박목월 선생의 유품을 정리하는 일을 맡았었다. 이삿짐 상자로 100여 개나 되는 방대한 분량으로, 서적과 창작 노트가 대부분이었지만, 선생께서 평소에 쓰던 의복이며 가재도구까지 그 종류는 퍽 많았다. 그 많은 자료들을 정리해 가던 중 낡은 표지의 두툼한 노트 한 권을 발견하였는데, 1936년으로부터 1939년에 이르는 시기의 일기장이었다. 표지 안 내

표지에 '인동정일기忍冬亭日記'라 적힌 이 일기장에는 박목월 선생이 시단에 등단하기 전 그리고 결혼 전의 개인사가 비교적 소상히 기록되어 있었다. 미공개의 이 일기 중 젊은 날 의식의 편린을 드러내는 자료들을 볼 수 있었다.

나에게 망각의 열쇠를 주어 내가 지닌 추억을 밑바닥까지 열어 제치고 날려 보낸다 해도, 이제 나로서는 새롭게 출발할 용기도 야심도 없다. '죽음을 기다리는 사람', 20대에 내 약속기(청춘기)는 지내갔다. 짧았다. 소년기에서 수면기로, 이내 노쇠기다. 단지 내가 청춘이라 함은 생리적 기능뿐. (1938. 1. 1)

지금은 1시다. 이 우주에 나는 위태한 공간에 한발 내디딘 채, 지금 그대로 스러지려 한다. 의지 없다. (1938. 6. 21)

등단 이전에 쓰인 이 일기에서 박목월은 "짧은 청춘기"를 지나쳐버리고 "수면기"와 "노쇠기"를 맞이할 수밖에 없는 자각 속에서 자신을 "죽음을 기다리는 사람"이라고 말하고 있다. 짧게 지나쳐간 "청춘"마저도 단지 생리적인 것일 뿐이라고 토로하고 있다. 뒤의 일기에서 박목월은 번민 속에 빠져 있다. 1938년 5월 20일 결혼한 신혼의 그였지만 무엇으로도 지울 수 없는 허무와 폐허 의식의 힘든 응전을 벌이고 있었다. 그리고 슬픔의 정서 속에서 시를 통한 자기 승화를 시도하였다. 이 시기에 쓰인 그의 등단 작품들이 왜 슬픔의 정서에 젖어 있으며, 안온한 안식을 기리는 자연 지향성을 지닐 수밖에 없었는가를 짐작해 볼 수 있을 것이다.

자연 지향의 시―《청록집》, 《산도화》

박목월은 1939년으로부터 1940년이 이르는 시기에 정지용의 추천을 받아 《문장》에 몇 편의 시를 발표하면서 시단에 첫발을 내디뎠다. 〈길처

럼〉, 〈그것은 연륜이다〉, 〈산그늘〉, 〈가을 어스름〉, 〈연륜〉 등의 작품이 그
것인데, 이들 작품은 하나같이 현실을 떠나고 싶어 하는 그리움의 정서를
토대로 하고 있다.

앞에서 잠시 인용한 박목월의 '인동정 일기'에도 나타나듯이, 그는 좌
절과 절망의 나날을 보낸 것으로 보인다. 더구나 시대 상황까지 흉흉하기
이를 데 없었다. 박목월은 《문장》지에 실린 추천 완료 소감에서 이때의 상
황을 다음과 같이 술회한 바 있다.

> 사실은 이런 소란한 시대의 한 여백—사진 없는 필름만 돌아가는 것 같다 할
> 까. 그 희멀건 여백 가운데 멍하니 나 자신이 처한 것 같기도 하다. 이건 비단 나
> 혼자, 생활에서 느끼는 것이 아니라 , 적어도 우리나라에서 문학적으로도 현시
> 가 여백의 한 페이지일 것이다. 여백은 흰 침묵이며 역시 그것은 슬픈 얼굴이다.

"소란한 시대의 한 여백— 사진 없는 필름만이 돌아가는 것 같은", 이것
이 박목월이 느끼는 시대 인식이었다. "사진 없는 필름" 그것은 구체성이
탈색되어 버린 삶의 모습을 보여준다. "여백" 속에 서 있는 자신의 모습을
그는 "침묵"이며 "슬픔"이라고 말한 것이다. 그는 시인으로 등단하는 영
광의 자리에서 기쁨의 소감을 표명하기보다는 이처럼 시대적인 혼란을
바라보는 답답한 심회를 밝혔다. 다음의 시에서 박목월은 "눈 먼 처녀"를
통해 그런 자신을 나타낸다.

송화松花가루 날리는
외딴 봉오리

윤사월 해 길다
꾀꼬리 울면

산지기 외딴 집

눈먼 처녀사

문설주에 귀 대이고

엿듣고 있다

─〈윤사월〉 전문

　〈윤사월〉의 처녀는 "눈이 먼" 장님이다. 그는 "송화가루만 날리는 외딴" 곳에 유폐된 것처럼 살고 있다. 인간 세상으로부터 까마득히 떨어진 곳, 산을 지키는 산지기가 사는 "외딴 집"이 그 처녀의 거처이다. 그런데 눈 먼 장님 처녀가 사는 이 외딴 곳에도 봄이 왔는지 꾀꼬리가 울고, 처녀는 문설주에 기대어 그 소리를 "엿듣고" 있다. "장님" 처녀는 '닫힌 방' 안에 있으며, 봄이 와 꾀꼬리 우짖는 소리를 엿듣고 있는 것이다. 물론, 이 시가 나타내 보여주는 '닫힌' 상황들은 당시 박목월의 정신 상황을 보여주는 것이다. 봄이 왔지만 그 봄 속으로 뛰쳐나갈 수 없는 답답함의 상황을 담아낸다.

　박목월은 그의 《보라빛 소묘》에서 이때를 회상하면서 "그 시대의 절망적인 환경이 나를 향토적인 세계로 몰아넣고, 그것에 깊은 애착을 갖게 하였으며, 그 세계 안에서 나를 길러준 것"이라고 말하였다. 답답한 상황으로부터 벗어나고자 하는 의지는 '길'을 통해서 드러나고 있다.

머언 산 구비구비 돌아갔기로

산山구비마다 구비마다

절로 슬픔은 일어……

뵈일 듯 말 듯한 산길

산울림 멀리 울려 나가다

산울림 홀로 돌아 나가다

……어쩐지 어쩐지 울음이 돌고

생각처럼 그리움처럼……

길은 실낱 같다

—〈길처럼〉 전문

위의 시에서 '길'은 닫힌 상황 속의 시적 화자가 그 상황을 벗어나 떠나
갈 수 있는 가능성을 제시해 준다. 그런데, 이 시의 '길'은 밖으로 뻗어갈
수 있는 탄탄대로로서의 '길'이 아니다. 그 길은 "뵈일 듯 말 듯" 구비구비
뻗어 있어 아련함만을 전해 준다. "절로 슬픔이 일고" "어쩐지 울음"이 돌
게 하는 길이다. 그렇기 때문에 이 길은 "생각처럼 그리움처럼" "실낱"처
럼 펼쳐져 있을 뿐이다.

생활 지향의 시─《난. 기타》, 《청담》

《청록집》, 《산도화》에서 노래한 그리움의 세계, 이상 공간의 세계는 격변
의 시대 속에 던져진 박목월에게 새로운 변모를 요구했다. 박목월은 다사
다난한 현실의 중압감을 견뎌내야 했다. 우선, 그는 그의 모교이기도 한 대
구 계성고등학교 교사로 취임하면서 대구로 거주지를 옮기게 되었다. 출생
이후의 거주지였던 경주를 떠나 도시로 이주한 것이다. 이때부터 박목월의
사회적인 활동은 활발해진다. 김동리, 서정주 등과 조선청년문학가협회를
만들고, 민족 시의 옹호와 신장을 위해 노력하였다. 그리고 조선문필가협
회 상임위원, 한국문학가협회 사무국장 등을 역임하였다. 이후 그는 거주
지를 서울로 옮기고, 이화여고 교사로 취임하면서 출판사를 운영하며 《여

학생》, 《시문학》 같은 잡지들을 간행하였다. 6·25사변이 터지면서 공군 종군 문인단의 일원으로 참전하기도 하였다. 무엇보다도 한 가정의 가장으로서 가족 부양의 책무를 감당하지 않으면 안 되었다. 현실의 카오스 속에 시적 자아를 정립해야 하는 버거운 노고를 짊어져야 했던 것이다. 《난. 기타》, 《청담》 등의 시집에는 이런 시기의 작품들이 수록되어 있다.

I
시를 쓰는
이 아래층에서는 아낙네들
계를 모은다.
목이 마려워 물을 마시려 내려가는
층층대는 아홉 칸
열에 하나가 부족한
발바닥으로
지상에 하강한다.

II
열에 하나가 부족한,
발바닥으로 생활을 질주한다
달려도 달려도 열에
하나가 부족한
그것은
꼴인 없는 백열경주.

III
열에 하나가 부족한

계단을 오르면
상층은
공기가 희박했다

—〈상하〉 전문

이 시의 화자는 분리된 공간의 경계에서 번민하는 시적 자아의 모습으로 나타난다. '시'와 '생활' 사이를 오르내리며 생활해야 하는 시인에게는 늘 "열에 하나가 부족한" 계단이 가로놓여 있다. 그는 이 결핍을 딛고 생활 속에 내려가 '물'을 마셔야 하고, "아낙네들이 계를 모으는" 곁을 지난다. 물을 마시고 나서는 다시 그 결핍의 계단을 밟고 이층으로 올라가 글을 쓴다. "공기가 희박한" 그곳이 시의 공간이다. 문제는 그가 "시를 쓰는 이층"에만 머물 수 없다는 데 있다. 결핍의 계단을 밟고 "아낙네들이 계를 모으는" 아래층을 거쳐야만 한다. 여기에서 생활인으로서의 번민이 생겨나는 것이다. 시인은 수수하고 평범하며 순정한 삶을 노래한다.

모밀묵이 먹고 싶다.
그 싱겁고 구수하고
못나고도 소박素朴하게 점잖은
촌 잔칫날 팔모상床에 올라
새사돈을 대접하는 것.
    (중략)
그리고 마디가 굵은 사투리로
은은하게 서로 사랑하며 어여삐 여기며
그렇게 이웃끼리
이 세상을 건너고
저승을 갈 때,

작가론 351

보이소 아는 양반 앙인기요

보이소 웃마을 이 생원李生員 앙인기요

서로 불러 길을 가며 쉬며 그 마지막 주막酒幕에서

걸걸한 막걸리 잔을 나눌 때

절로 젓가락이 가는

쓸쓸한 음식飮食.

―〈적막한 식욕〉 일부

〈적막한 식욕〉에서 시인의 인생관을 보여주는 상징물이 "모밀묵"이다. 시인이 지닌 전원적 인생관은 소박하면서도 평범한 삶에 의탁하면서 자연의 질서에 순응하는 것이다. 이런 삶의 태도를 시인은 "모밀묵"의 미각 특성들을 통해서 구체화해 보여주고 있다.

"모밀묵"은 "싱겁고" "구수하고" "못나고" "소박하며" "점잖은" 것이다. "모밀묵"이 지닌 이런 특성들은 세상을 원만하게 살아가기 위해서 조금쯤 겸양의 태도를 보여야 하는 인격을 상징한다. 그런데 시인은 이런 겸양의 삶이 인간사를 친화의 관계로 이어주는 근본임을 제시한다. 촌 잔칫날 새 사돈과 다정히 마주 앉게 하는 것이 "모밀묵"이며, 손님과 주인이 허심탄회한 마음가짐으로 마주 앉을 수 있게 해주는 것도 "모밀묵"이다. 그리고 이런 허심탄회한 친화의 이 음식이 저승길 나그네마저도 친화의 관계로 맺어주게 마련이다.

존재 지향의 시―《경상도의 가랑잎》, 《무순》, 〈이순의 아침나절〉

박목월은 1959년 이후 한양대학교 교수로 봉직하였다. 그동안 그는 왕성한 작품 활동을 벌였으며, 사회적으로도 명사의 반열에 올라 있었다. 예술원 회원, 한국시인협회 회장, 한국기독교문인협회 회장, 효동교회 장로, 한양대학교 문리대학장 등을 역임하였으며, 서울시 문화상, 예술원

상, 국민훈장 모란장, 명예문학박사 학위 등을 받았다. 또한 이때(1973) 전문 시지 《심상》을 창간, 운영하는 등 많은 업적을 이뤄냈다. 그러나 1960년대 이후, 고혈압 등 건강 악화로 고통을 겪었으며, 육신의 나이도 회갑을 전후하게 되었다. 이 시기에 박목월은 《경상도의 가랑잎》, 《무순》 등의 시집을 간행하였다. 그리고 《무순》 이후 1978년 3월 작고하기까지 쓴 〈이순의 아침나절〉 시편들을 남겼다. 이 시편들은 후에 간행된 《강나루 건너서 밀밭 길을》(1998, 심상사)에 수록되었다. 박목월은 자신의 근원을 깊이 있게 성찰하면서, 자신이 성찰해 낸 그 근원의 일부일 수밖에 없는 존재자로서의 자신을 노래했다. 그는 허허로움 속에 자신을 발견했다. 그는 이승과 저승을 넘나들면서 망자와 대화를 나눌 수 있는 진솔한 자리에 서 있었다. 그리고 이 시의 화자는 아예 그의 고향인 경상도 사람이다.

줄이 한 가닥
어디서 어디쯤이랄 것도 없이
느리게 흔들리며
오늘의 수국색
밝음 속에서
왜랄 것도 없이
느리게 흔들리며
해와 달이 가는 길에
어디서 어디쯤이랄 것도 없이
줄이 한 가닥
막막한 태허의 혼돈 속에서
처음으로 불러보는
당신의 이름
신이어

신이어

신이어

줄이 한 가닥

느리게 흔들리며

목숨이랄 것도 없이

동에서 서까지.

―〈무제〉 전문

　위의 시에는 신의 존재와 마주한 존재자의 모습이 담겨 있다. 어디쯤이
랄 것도 없는 무한량의 시공 속―그곳은 어떤 이승의 질서나 가치도 미치
지 못하는 곳이다. 그래서 '어디쯤'이나 '왜'란 이승의 이승에서의 조건
도 모두 소멸되고 없는 "막막한 태허의 혼돈" 속으로 자신을 이끌어 간다.
목월은 지금 이승에서 이룬 어떤 명예나 신분도 모두 버리고 다만 느리게
흔들리는 한 가닥 '줄'을 바라보면서 '신'의 이름을 부르는 왜소한 존재
자일 뿐이다. 겸허하게 자신을 성찰하면서 신 앞에 서 있는 존재자―그것
이 만년의 목월이 찾아낸 자신의 모습인 것이다.

누구나

약간씩 귀울림하고

누구나

약간씩 말을 더듬으며

짐작으로 그렇거니

이해를 하면서

반쯤은 알아듣지 못한 채

물방울 안에서

가지 끝이나

지푸라기 끝에 맺혀서

누구나

약간씩 무중력 상태에서

누구나

약간씩

허공에 떠서

—〈물방울 안쪽에서〉 전문

　이 작품은 목월 사후에 간행된 시집 《강나루 건너서 밀밭 길을》에 수록된 연작 시 〈이순의 아침나절〉의 일부이다. 이 시에는 삶을 포괄하는 원숙한 시인의 의식과 나타나 있다. 이 시에서 시인 자신은 '물방울' 하나이다. 말할 필요도 없이 '물방울'은 맑고 투명한 것이고, 아침나절의 세상을 비춰주는 것이며, 한낮이면 스러져버리는 것이다. 만년의 목월이 자신을 '물방울'로 인식하고 있었다는 것은, 그가 자신의 삶을 순수의 궁극에서 파악하고 있었다는 말이 된다. '물'은 말할 것도 없이 생명의 원천이며 생명의 근원이기도 하다. 작고 미세하면서도 가장 본질적인 것으로서, '물방울'은 자신의 존재이면서 또한 그가 존재해야 하는 자신의 우주이기도 하다.

　그런데, '물방울' 하나로서의 시적 자아가 존재하는 방식은 논리와 타산을 넘어서 있다. 즉, "약간씩 귀울림하고" "약간씩 말을 더듬으며" "짐작으로 그렇거니 이해를 하면서" 그리고 "반쯤을 알아듣지 못한 채" 사는 무욕의 세계이다. '물방울'은 "가지 끝"이나 "지푸라기 끝"에 맺혀 있다가 아침나절이 지나면서 증발해 버리고 만다. 유한자의 세계 인식은 이처럼 순수하면서도 본질적이며 시적 형상화에도 높은 긴장을 보여주었다. 〈이순의 아침나절〉 시편들은 지상에서의 삶을 마치는 마지막 순간까지 심혈을 기울여 쓴 역작들이다.

박목월은 쉼 없이 새로운 시의 형식을 탐구한 시인이었다. 그가 생전에 간행한 다섯 권의 개인 창작시집 《산도화》, 《난. 기타》, 《청담》, 《경상도의 가랑잎》, 《경상도의 가랑잎》, 《무순》은 제각기 다른 내용과 틀을 보여준다. 시인이 하나의 틀을 완성하는 일은 더없이 어려운 일이다. 그런데 박목월은 하나의 시 세계를 하나의 시집으로 묶어낸 다음에는 가차 없이 그 틀을 버리고 새로운 시의 틀을 추구하는 힘든 도정에 나서곤 하였다. 박목월의 시가 늘 새로운 것을 지향하고 있는 것은 그런 고투의 결과였던 것이다. 그리고 시어로서의 한국어의 가능성을 극한까지 추구해 보여줌으로써 민족적 자긍심과 우월성을 드러낸 것이다.

박목월 연보

1916년	1월 6일 경북 경주에서 아버지 박준필과 어머니 박인재 사이의 장남으로 태어남. 아호는 소원小園, 이름은 영종泳鍾, 목월木月은 시를 쓸 무렵 본인이 지음.
1923년	건천보통학교 입학.
1930년	대구 계성중학교 입학.
1933년	계성중학 3학년 때 개벽사에서 발행하는 잡지 《어린이》에 동시 〈통딱딱 통딱딱〉이 윤석중에 의해 뽑혔고, 《신가정》에 〈제비맞이〉가 당선됨
1935년	계성중학교 졸업. 5월 동부금융조합 입사. 김동리, 이기향, 김석주 등과 교유.
1938년	5월 20일 유익순 여사와 결혼.
1939년	장남 동규東奎 출생. 동부금융조합 재직 중 정지용에 의해 《문장》 9월호에 〈길처럼〉, 〈그것은 연륜年輪이다〉가 1회 추천되고 12월호에 〈산그늘〉이 2회 추천됨.
1940년	《문장》 9월호에 〈가을 어스름〉, 〈연륜〉이 추천 완료되어 문단에 데뷔.
1945년	1948년까지 대구 계성고등학교 교사로 근무. 8·15해방 후 대구로 이사함. 장녀 동명東明 출생.
1946년	4월 김동리, 서정주와 함께 조선청년문학가협회 결성. 조선문필가협회 상임위원직 역임. 6월 박목월, 조지훈, 박두진 3인 합동시집 《청록집》 발간. 동시집 《박영종동시집》, 《초록별》

발간.

1947년	차남 남규南奎 출생.
1948년	1958년까지 한국문학가협회 중앙위원 및 사무국장을 지냄. 8월 서울로 이사.
1948년	서울대학교 음악대학에서 강의
1950년	이화여자고등학교 교사로 취임. 유아방이라는 출판사를 운영하면서 《여학생》, 《중학생》, 《시문학》을 간행하였으나 6 · 25전쟁으로 모두 종간됨. 6월 전쟁이 발발하자 한국문학가협회 별동대를 조직하였고, 1953년 환도 때까지 공군 종군 문인단의 일원으로 복무.
1951년	공군 종군 문인단 편수관을 지냄. 삼남 문규文奎 출생. 대구에서 출판사 청조사 운영.
1953년	사남 신규信奎 출생.
1954년	1956년까지 홍익대학교에서 강의. 1970년까지 서라벌예술대학에서 강의.
1955년	아시아자유문학상 수상. 첫 개인 시집인 《산도화》 펴냄.
1956년	홍익대학교 전임강사, 조교수 지냄. 부친 별세. 30대 초반의 아우 영호泳鎬 사망.
1958년	자작시 해설서인 《보라빛 소묘》 발간.
1959년	한양대학교 조교수, 부교수, 교수, 문리과대학 학장서리, 학장 역임. 1964년까지 한국문인협회 시분과 회장 역임. 시집 《난. 기타》 발간.
1962년	동시집 《산새알 물새알》 발간.
1964년	시집 《청담》 발간.
1968년	국정교과서 심의회 심의위원 지냄. 사망 시까지 한국시인협

회 회장 역임. 시집 《경상도의 가랑잎》, 연작시집 《어머니》, 《청록집·기타》 등을 발간. 《청담》으로 대한민국문화상 본상 수상.

1969년 서울시문화상 수상.

1970년 한국기독교문인협회 회장에 선임. 1976년까지 중앙대학교 예술대학에서 강의.

1972년 국민훈장 모란장 수훈.

1973년 대한민국 예술진흥위원 역임. 시 잡지 《심상》 창간. 《박목월 자선집》 간행.

1975년 한국문화예술진흥원 이사 역임. 시집 《구름에 달 가듯이》, 《박목월시선》 발간.

1976년 시집 《무순》, 《백일편의 시》 발간. 한양대학교 문리과대학 학장에 취임.

1977년 한양대학교에서 명예 문학박사 학위 수여.

1978년 원효로 효동교회에서 장로 안수를 받음. 3월 24일 새벽, 산책을 하고 돌아와 지병인 고혈압으로 영면. 용인 모란 공원에 안장.

1979년 미망인 유익순 여사에 의해 신앙시 모음집 《크고 부드러운 손》 간행.

1987년 문학사상사에서 유고시집 《소금이 빛나는 아침에》 발간.

한국대표시인 101선집 박 목 월

초판 1쇄 — 2007년 6월 5일
초판 3쇄 — 2017년 4월 7일

지은이 — 박 목 월
펴낸이 — 임 지 현
펴낸곳 — (주)문학사상
주 소 — 서울특별시 송파구 중대로 38번지(05720)
등 록 — 1973년 3월 21일 제1-137호

전화 — 02)3401-8540
팩스 — 02)3401-8741
홈페이지 — www.munsa.co.kr
이메일 — munsa@munsa.co.kr

ISBN 978-89-7012-698-2 04810
ISBN 978-89-7012-500-8(세트)